中国散文 60 强

冷循环

徐小斌 / 著

北京联合出版公司
Beijing United Publishing Co.,Ltd.

图书在版编目（CIP）数据

冷循环 / 徐小斌著. -- 北京 ： 北京联合出版公司，
2024. 8. --（中国散文60强）. -- ISBN 978-7-5596
-7821-8

Ⅰ. I267

中国国家版本馆CIP数据核字第2024NL3231号

冷循环

作　　者：徐小斌
出 品 人：赵红仕
出版监制：张晓冬
责任编辑：管　文
特约编辑：和庚方　张　颖
封面设计：立丰天

北京联合出版公司出版
（北京市西城区德外大街83号楼9层　100088）
三河市同力彩印有限公司印刷　新华书店经销
字数150千字　650毫米×920毫米　1/16　14印张
2024年8月第1版　2024年8月第1次印刷
ISBN 978-7-5596-7821-8
定价：65.00元

"中国散文 60 强"丛书

编委会

丛书总策划

　　张　明　　著名出版人

编委主任

　　邱华栋　　全国政协常委

　　　　　　　中国作家协会副主席、书记处书记

编　委

　　叶　梅　　中国散文学会会长

　　陆春祥　　中国散文学会副会长

　　冯秋子　　中国作家协会原社联部副主任

　　吴佳骏　　《红岩》编辑部主任

　　张　英　　资深媒体人

　　文　欢　　作家、资深编辑

中华散文的文脉与发展

——"中国散文60强"总序

邱华栋

中国是诗的国度，亦是散文的国度。

穿越千年时空，从明清至唐宋，再由魏晋南北朝至两汉先秦一路回溯，汉语言文学中的散文实乃根深叶茂，硕果累累。无论是"唐宋八大家"之雄文美文，还是骈俪多姿的辞赋，以及名垂史册的《史记》《左传》，均为中国文学史上的璀璨明珠。"散文"与"诗"一道，成为中国文学的"嫡系"。尽管，后来从西方引进嫁接技术所催生的"小说"，大有"喧宾夺主"之势，终究还得"认祖归宗"，血脉和基因是无法改变的。

在中国散文流变历程中，曾出现过两次鼎盛期。一次是被文学史家所公认的"先秦散文"时期。其时，伴随着春秋时期的思想解放，诸子蜂起，百家争鸣，一大批散文家以饱满的气血、驳杂的学识和破茧的精神，创造出了散文的繁荣和辉煌局面，对后世产生了极大的影响。

到了"五四"时期，中国散文迎来了第二次鼎盛期。白话文如劲风激浪，吹刮和涤荡着神州大地。沉睡的雄狮醒来了，偃卧的小草开始歌唱。许多学贯中西的进步文人，肩扛文化变革的大纛，冲锋陷阵，掀起了一波又一波的新文学浪潮。《新青年》上刊载的散文，犹如一束束亮光，不但给人以希望，还给人以力量。"五四"以来的散文作品，无论是观念和主题，还是形式和风格，都跟以往的散文迥然不同。最具代表性的，当属鲁迅先生的散文（包括杂文），其刚健、凌厉的文质，疗救了中国散文长久以来颓靡不振、钙质疏流的顽疾。此外，周作人、郁达夫、朱自清、萧红、沈从文等一大批作家的散文创作亦各具特色，呈一时之盛，影响深远。

时代的前行催生了文学的发展，然而文学与时代有时并不同步甚至充满了"张力场"。"五四"的个性解放虽然催生了一批个性鲜明的散文精品，但这样的生态并未持续多久，中国散文的波峰出现了向低谷滑行的趋势。有论者指出，"散文在 50 年代既是对解放区散文文体意识的放大，又是对五四散文文体精神的进一步偏离。这种放大和偏离表现在个体性情的抒发让位于时代共性或者时代精神的谱写，政治标准优先于艺术标准，批判性为歌颂性所取代等诸方面。"（董健、丁帆、王彬彬《中国当代文学史新稿》）1960 年代初，散文创作一度出现了活跃，"专业"从事散文创作的作家群凸显出来，刘白羽、杨朔、秦牧相继登场，迅速成为散文界的三位名家。但他们的作品后人评价褒贬不一，认为其中颂歌式的写法较为单向，这种模式化的写作，不但对散文的建设毫无益处，反而扼杀了散文的个性和神采。

"文革"十年，中国散文更是一片凋零和荒芜，乏善可陈。1970 年代末，一些历经浩劫的作家开始复血，解除思想枷锁，重新拿起笔来写作，中国散文才又凤凰涅槃，焕发生机。加之各种文学刊物纷纷复刊和创刊，以及大量西方文化读物的译介出版，更为这些饥渴、桎梏太久的散文作者提供了登台亮相的舞台和瞭望世界的窗口。

1980 年代初期，伴随改革开放的热潮，思想解放大旗招展，文化随之繁荣，诸多承续"五四"精神的作家以笔为旗，抒发胸中压抑既久之块垒，出现了一批抒情性质浓郁的散文，使得现代散文这块"百花园"芳菲争艳，蔚为大观。特别是 1980 年代中期，随着作家主体意识的不断强化，中国文学开始呈现出一个崭新局面，作家从"集体意识"中抽身而出，重新返回"个体"，注重对生活的体察和内在情感的表达。这一时期，散文的艺术性得以强化，文本的精神内涵和表现空间得以拓展。

进入 1990 年代，社会发展日新月异，城镇化进程锐不可当，文化领域亦呈多元格局。各种文学思潮相互碰撞，人文精神的讨论更是打开了作家们的创作思路。"大散文"概念的提出，引发了散文界对散文的内涵和外延的重新讨论和界定。风靡一时的"文化散文"热，成为文坛上一道靓丽的风景。"新散文""原散文""后散文""在场散文"等散文流派"你方唱罢我登场"，争奇斗艳，各领风骚。

及至二十世纪末，一批深具先锋意识和文体自觉的新锐作家，像一头公牛闯入瓷器店，使散文天地发生了激烈的碰撞和变化，形成一股新的散文潮流，提升了散文的审美品质和精神向度。

纵观 1978 年至 2023 年四十多年来，中华大地在"改开"的黄金时代中，社会生活奔涌激荡，各种思潮风起云涌，散文创作更是云蒸霞蔚、气象万千，涌现了众多成就斐然、风格各异的散文作家和具有思想深度、艺术上乘的散文作品。岁月的流水冲走了枯枝败叶和闲花野草，中流砥柱却巍然屹立。时间留住了新时代的散文经典，经典在时间的长河中绽放光芒。以沙里淘金的经典散文向"改开"的时代致敬，是我们不可推卸的责任和义务。

别看散文的门槛貌似很低，要真正写好，却实属不易。优质散文是有难度的写作，它不但需要作者的智识、胸襟、眼界、修养和气度格局；更需要写作者的态度、立场、慈悲、良知和批判勇气。遗憾的是，散文创作繁荣和光鲜的另一面，却是大量平庸甚至低劣之作的泛滥，不但败坏了读者的胃口，而且造成了物质和精神的极大浪费。散文作家层出不穷，散文作品汗牛充栋，可真正能让人记住的散文佳构却凤毛麟角。

散文要发展，文学要前行。发展和前行就要从平庸的樊篱中突围。在突围的过程中，散文作家不可太"聪明"，不可太世故，要永存对文学的敬畏之心。一言以蔽之，散文的尊严来自散文作家的尊严。也可以说，要想散文繁荣，首先需要有一批人格健全，品德高尚，铁肩担道义的散文作家。什么样的人写什么样的文章。特别是写散文，最容易看出一个作家的内在品质和境界涵养。一个人格不健全的人，哪怕他作文的技法再高妙，也很难写出撼人心魄、抚慰灵魂的散文来。作家精神品质的高低，直接决定其作品的精神向度。

为了散文写作的突围和发展，为了建设独具特质的当代散文，也是为了更好地从经典散文中汲取营养，我认为有必要正视和重申一些常识性的思考。高头讲章的理论是灰色的，常识之树却葳蕤常青。

一、作家的个体精神决定散文的优劣。常言道，散文易学而难攻。难在什么地方，不是难在技巧，而是难在作家个体精神的淬炼上。倘若作家的个体精神不够丰富，不够深刻，不够清澈，纵使他手里握着一支生花妙笔，也写不出令人称赞的散文。那么，如何才能做到个体精神的丰富性呢，这就要求作家时时刻刻不背离生活，要知人情冷暖，体察人间百态，关心民瘼，有忧患意识，不要做生存的旁观者。一个冷漠甚至冷酷的人，是不适合从事散文创作的。

二、真诚是确保散文品质的基石。散文创作跟作家的生存经验息息相关，可以说，真正优质的散文，无不牵连着作家的血肉和心性。作家的喜怒哀乐，悲欢离合，都或隐或显地暗含在他的作品中。假如在一篇散文作品中，读者既看不到作者的体温，又看不到作者的态度，那这篇作品或许就是失败的。说明这个作者在他的作品中"说谎"或"造假"，缺乏真诚之心。作家一旦失去真诚，为文必定矫揉造作，作品也必定会失去生命力。因此，真诚是散文的"生命线"，也是"底线"。

三、个性是促进散文生长的养料。人无个性便无趣，文无个性便平质。当下，每年都会诞生数以万计的散文篇章，但能够让人记住，且读后还想读的作品并不多，何故？概在于这些数量庞大的散文，无论题材，还是语感都千篇一律，像是从"模具"中生产出来的，缺乏辨识度。散文要发展，必须要求作家具有"个性意识"。"个性意识"不是标新立异，更不是哗众取宠，而是一种"创新意识"和"审美意识"。但凡在散文创作方面被公认的那些大家，都是"文体家"，他们以自觉的写作实践，开创了散文写作的新路径。不合流俗方能独步致远，推动散文的建设和繁荣。

当然，以上几点并非创作散文的圭臬，谁也没有资格去为散文"立法"。

散文是自由的创造，散文精神即自由精神。我之所以提出来，仅仅是希望引起散文同行们的重视和参考，共同为中国当代散文的发展尽力增光。

我们策划、编选"中国散文 60 强"（1978—2023）的初衷，旨在对新时期以来的中国散文创作作出梳理、评价和选择，试图精选出风格各异的代表性散文作家，以每位一部单行本的形式，呈现出中国新时期优质散文的大体样貌。此项目的发起人为资深出版人张明先生。多年来，他一直追求做高品位的纯文学书籍，也曾连续多年与中国散文学会、中国小说学会合作，出版年度《中国散文排行榜》和年度《中国小说排行榜》。2023 年他策划出版了《中国小说100 强》，反响不俗。身处喧嚣、纷杂的环境，能以如此情怀和心力来为文学做如此浩大的工程，不能不令人钦佩！

感谢张明先生邀请我和叶梅、冯秋子、陆春祥、吴佳骏、张英、文欢组成编委会，共同遴选出 60 位作家。我们在召开筹备会的时候，即将作品的思想性、艺术性、代表性以及影响力作为编选的基本原则。在确定入选作家名单时，我们认真商讨，反复研究，生怕因为各自的眼力、审美和趣味之别，造成遗珠之憾。好在我们的工作得到了作家们的积极回应和鼎力支持，惠风和畅，大地丰饶。

60 位入选的作家，既有令人尊敬的文学大家，如孙犁、张中行、汪曾祺、史铁生、邵燕祥、流沙河、刘烨园、宗璞、贾平凹、韩少功、张炜、梁晓声、阿来、冯骥才等。这批散文大家的作品，文风质朴、清朗、刚健，充满了"智性"和"诗性"。无论他们是写怀人之作，还是针砭时弊，歌咏风物，都有着鲜明的文化立场和审美取向。他们或出入历史，借古观今；或提炼人生，洞明世事，输送给读者的都是难能可贵的"精神营养"。

也有被散文界公认的名家，如李敬泽、王充闾、马丽华、周涛、冯秋子、叶梅、筱敏、张锐锋、周晓枫、于坚、鲍尔吉·原野等。这些作家的散文作品，特色鲜明，风格独特，诚挚内敛，从内容到形式，都作出了各自的探索和尝试，为当代散文注入了活力。从他们的作品中，我们不但能够领略汉语之美，更可以借此反观生活与存在，寻找人之为人的价值和尊严。

还有散文界的中坚力量和青年才俊，如彭程、谢宗玉、江子、雷平阳、任林举、塞壬、沈念、傅菲、吴佳骏、周华诚等。从他们的作品中，我们见到的，不只是中国散文的文脉传承，更是自由精神的张扬。他们文心雅正，笔力锋锐，不跟风，不盲从，始终保持着独立的思索和判断，在各自所开辟的散文园地中精耕细作，以崭新的姿态参与和推动当代散文的变革。

其实，细心的读者不难发现，入选本丛书的老、中、青三代作家都有个共性，即他们均在以自己的作品审视心灵，心系苍生，弘扬真善美，鞭挞假恶丑，充满了正义感和人道主义精神。这自然与时下众多书写风花雪月，一己悲欢，充塞小情趣、小可爱的散文区别开来。正是因为有他们的存在，中国当代散文才呈现出一幅绚丽多姿的长卷。

需要说明的是，有些重要的散文家，如张承志、余秋雨、王小波、苇岸、刘亮程、李娟等人，由于版权或其他不可抗原因，未能将他们的作品收录进来，我们深以为憾。

我们还要感谢北京立丰天文化传播有限公司的资金支持，感谢北京联合出版公司的精心编校，他们慷慨和无私的义举，对于繁荣中国当代散文创作、对于赓续中华优秀散文文脉、对于中国新时期的文化积累，均具重大价值和意义，可谓善莫大焉。这套丛书的出版意义将同《中国小说100强》一样，旨在给读者以经典的指引，这既是一项重要的原创文学工程，同时也是助力推动全民阅读和研究传播文化的公益工程。

郁郁乎文哉，中国散文有幸！

是为序。

2024 年 5 月 12 日星期日

（作者为全国政协常委，中国作协副主席、书记处书记）

目　录
Contents

八、行万里路

一、靛蓝时代

——你知道吗？你曾经是个靛蓝儿童——

靛蓝时代

我记得，当年的北京铁道学院（现在叫北京交通大学）有一条河。河滩上有苔，是碧绿的。黄昏时分，空气在水中燃成一束神秘的火焰，光芒四射的绚丽，使大自然的其他部分都变成了黑夜。在四周的苔藓都亮起来的时候，河流的歌声便无法关闭了。沐浴在河水的芳香里，感受河流一天一度的忘情喷发，那时，周围的树木正在把奇异的金色渗入到水的倒影之中。

沿小河缓坡上去的那座平房就是我的家。我和大院的孩子们每天光着脚丫儿，在这个时刻，沐浴在金色温暖的河水里，可以闻见河边植物的芳香。

河水里曾经有白鸭浮游。我上过几天幼儿园，幼儿园阿姨说，走，我们去看小鸭子去！我们就排着队走过那条石子马路，那条路可以路过我的家，我远远就看见了妈妈在门口晾衣裳。门口有两根晾衣竿，形状有些像单杠，中间系四根铁丝，这两排平房的衣裳就都晾在这儿。对我们来说，晾衣竿还有一重功效，就是当作单杠悠来悠去，比谁悠得高，比谁做得花样多。

那一天，我毫不犹豫地向妈妈跑去。尽管阿姨说，不上幼儿园的都算野孩子，我却是宁肯做野孩子也不上幼儿园了。这大概是我的第一次叛逆行为吧，当时我三岁。

这是上世纪六十年代的北京铁道学院家属院。我就出生在那个家属院的一座平房里。当时那一栋栋平房为苏联专家所建。虽然笨拙但无比结实，那种结实在数十年后的那场大地震中方才真正显现出来。

我家的门前有个小院。篱笆上缠着金银花，西边是葡萄架、枣树和扁豆、倭瓜什么的，东边基本是花，种过大丽菊、石竹、茉莉、凤仙、鸡冠、夹竹桃……每年都有许多变化，唯一不变的，是蔷薇。原因很简单，蔷薇花好看又好种。红白黄紫大约有十余种花色，铁道学院的院里，似乎家家都栽着蔷薇，互相看着有什么新鲜的，就挖一棵枝子来，栽在泥土里，上面扣一个玻璃罐（水果罐头的就行），闷它十天半月，那枝子就会发出亮绿的新芽。那一个个反扣的玻璃罐就像是一堆闪闪发亮的大蘑菇，一场新雨过去，玻璃罐就再也扣不住那些蓬蓬勃勃的绿枝叶了。

我家蔷薇的花色该算是很全的，有几种调色板很难调出的颜色我至今记忆犹新：一种夕阳似的金红色，一种胭脂般的粉绒色，一种天鹅绒样的深紫色，一种油画颜料那么浓艳的杏黄色……最奇妙的是在月光澄澈的夜晚，那些花就透明地浸在薄雾般的轻纱里，叶子闪着黑黝黝的光泽，花蕊是金的，在夜的深浓中，绽出星星点点的暗金色。仲夏之夜，对着窗画画，喜欢把窗帘打开一道缝，让整个人都浸在花香里，听晚风吹着花的枝叶，发出沙沙的声响——那是一种神秘的滋养。

那时，我觉得离自然很近。

一、下坡

长大重逢，总会有些特殊的记忆会令人一下子兴奋起来，好像是黑帮的切口。譬如我们北京交通大学长大的孩子，一听"下坡""红果园儿""打靶山""主楼""合作社""西郊""娘娘庙""晋土寺""青塔院"……这些词儿就会立即确认对方确实是发小，不是冒充的。

下坡就是老师带我们去看小鸭子的地方。需要走五十米左右、四十五度的斜坡，就能看见那条河了。

小时候，特别是弟弟尚未出生的那几年，我可以说是嗜玩如命。——最好玩的地方自然是"下坡"。河的后方有几排平房。河边的青苔显出森森细细的美。常有白鸭在河上游。沿河往西去，是一片未开垦的处女地。那里荒草没顶，野花盛开，是我童年时代的乐园。

从闻到春的气息开始，这片荒草甸子便喧腾起来。夏天则是这里的极盛时代。整个大院的孩子好像都集中到了这儿。有用网子粘蜻蜓的，有采野花、采麻果，有捉迷藏的，有逮昆虫的，还有捡矿石的……三伏天的大中午，不动弹还出汗呢，就那么汗水滴滴的在荒草丛中穿梭似的跑，在震耳欲聋的蝉鸣声中，嗅着野麻果的气味。到了夜晚，这里更是美得奇特：萤火虫在草叶间闪着黄绿色的光，纺织娘低吟着，寂静中流动着神秘。我们拿着火柴盒跑来跑去捕捉着黄绿色的光点，光脚丫儿被露水浸得凉津津的。

现在想起来，或许河水中那美丽的光来自于萤火虫？那些闪闪发光的小灯笼，曾经是我们捕捉的对象。河水曾经如同月光一般澄明。它漂白着孩子们的肌肤，让我们在那个贫瘠的年代，个个都长得那么美好，那么健康。

那时还没有计划生育，光是我们这四排平房的孩子便有六十几个，树弟、小乖、四哥、五哥、七姐、里南、宁远、丽彬、丽华、佳英、佳茂、娟娟、璐璐、慧礼、慧康、争平、建平、永平、丽平……

平常河面光洁如镜，有白鸭浮游。逢到雨天，总有无数小鱼金沙般地遮天障地而来。孩子们用各种自制的网拦截鱼虾，拦住了的，晚上家里的饭桌便飘出浓香。其他的孩子便会循着香味串门儿。那时谁家打个喷嚏街坊邻里都知道，决不像现在的高层建筑那么老死不相往来。

说到气味，我觉得四季似乎都有它独特的气味。夏天的傍晚更是有一种气味勾着孩子往外跑。小时候我无数次地感受到了，却说不出来。那是一种饱和得快要爆裂的东西，犹如吹得透明的玻璃泡，不，它是柔软的，暖融融的，不断地膨胀着，紧紧地包围着你，让你不断地吻着它，于是你周身发胀，没法儿坐在家里乖乖地吃饭，只想浸泡在那种气味中慢慢发酵直到自己也化成同样的气体。

"我们要求一个人哪，我们要求一个人……

"你们要求什么人哪，你们要求什么人……"

"卖蒜哩，什么蒜？青皮萝卜紫皮蒜……"

"锯锅锯碗锯大缸，缸里有个小姑娘，十几啦？十五啦，再待一年就娶啦！"

"一网不捞鱼，二网不捞鱼，三网捞个小尾巴尾巴尾巴……鱼！"

每到夏夜，这样的歌谣便此起彼伏，融化在那种特殊的气味里，变为更大的诱惑……

奇怪的是做这种游戏的时候我每每会输。比方说，我总是莫名其妙地被人当作"小尾巴鱼"捞住，无论怎样也难逃法网。不过也有我特别擅长的游戏，譬如拍洋画儿、打弹球儿等等，此是后话不提。

同时还喜欢做昆虫标本：知了、蜻蜓、蝴蝶、螳螂——我特别热衷于逮蜻蜓，连河边最细巧的小蜻蜓都不放过，什么"老子儿""单杆儿""红星蕉""麦黄儿""黑老婆儿"……一个都不能少！那时我的手指缝里常常夹了满手的蜻蜓，薄细的翅膀扑扇着，小伙伴们都用羡慕的亮眼看着我，信佛的姥姥见了便摇头："造孽哟……"

有一个中午，我拿了粘蜻蜓的网子，光着脚丫跑到河边，预感到会有非凡收获。果然，时空突然陷入了一个非人间的静。就在那个时刻，有一只鲜红欲滴的红星蕉飞入我的视野。我静静跟了它一段。它显然没有发现。盘旋了几圈，落在河中央一块石头的苔藓上。我的眼里只有那一小团鲜红，竟看不到了河水，我静静地走过去，尽量减少水声，也是那时太小，竟引不起什么涟漪，我的小手悄无声息地伸过去——在我死死逮住它的一只翅膀的同时，才突然觉得身体在急速下陷！

害怕吗？来不及！总共也就几秒钟的时间，就在即将淹到下巴的时候，脚突然着了地！这时我才听见岸边一个男孩的声音："太危险了！还不快上来！"

男孩施以援手，是郑伯伯家的五哥。

于是，我已经濒于没顶还高举着红星蕉的形象迅速在交大的孩子圈中流传，并且流毒甚广。

二、灵验的小手

郑伯伯和爸爸一样，是交大的教授（"文革"前的老教授，成色是不同的），但是比爸爸还要高一级（当时教授分三级）。他家有五个儿子，个个聪明，不是男四中就是清华附中、101，都是当时顶级中学。

最小的五哥特别喜欢跟我玩。那时他上小学，放了学就把我拉到他们家，玩弹球和洋画，这两样东西五哥攒得最多，洋画是成套的，有《封神演义》《三国演义》《水浒》《西游记》……我小时候真的有点邪，比如在拍洋画的时候，我只要心里想，这洋画肯定能翻过来，它就真的翻过来。我的手很小，至今还很小，儿子总说，妈妈的手是小孩子的手。而当我还是小孩子的时候，手就更小，肉肉头头的，一伸出来就有五个圆圆的小肉坑，那时我很为这样的手羞愧，非常羡慕姐姐们十指尖尖的手。但是这双小手充满魔力，一拍，洋画就能翻过来。五哥常拉着我和他们同学比赛，因为我"灵验的小手"（五哥起的），我们赢了很多很多的洋画和弹球。

弹球我玩得就不如五哥了，在我的童年记忆里，弹球的颜色是非常美丽、变幻不定的。当我拿起一个弹球对着太阳光的时候，心里总是有一种说不出来的美好感觉。五哥很孤独，除了跟我玩，他好像没什么别的朋友，天一凉，他就在他家后院的台阶上枯坐，数数天上飞过的乌鸦。后来，郑伯伯被划为右派，他们全家搬走了，五哥把所有的洋画和弹球都留给了我。

还有邪的：姥姥有一副骨制的"天九牌"，用很漂亮的木盒子装着，每每逢年过节的时候家里人就围在一起玩，有"天、地、人、和"等牌，有点类似麻将。每个人都押注，当然是很小的注，最大的注也就五角钱。玩的时候，我每每会赢。譬如掷骰子的时候，我想要几点一般就会来几点，又如翻牌时我想要天牌，心里叫一声，一打开，果然就是天牌！真的神了，当然不是百分之百，可那赢的概率也是相当高的了！几年玩下来，我竟攒了十几元钱呢，那时候的十几元可不是小数啊！

后来，我的邪劲儿随着年龄的增长慢慢消失了。

翻照片的时候，母亲常指着我周岁时的照片说：瞧，像不像个猫？周岁的照片看上去真是好玩，脸蛋又白又圆又胖，眼睛又黑又大又亮，嘴巴真像刚出生的小猫似的，抿成一条线。五岁之前，四排平房几乎所有的大人都喜欢我。

譬如最靠东边的张伯伯家的张玉姐姐，常常抱了我，在那个清贫而又安静的年代，到家属院里那个新华书店旁边的小卖部，买两块镶奶油花的蛋糕给我吃，而在平常，我是想也不敢想那些漂亮的蛋糕的。当然我并不懂得什么贫富的观念，但是我心里很清楚，能够买得起这些奶油花蛋糕的绝非一般人，张玉姐姐那时还只是个初中生，但她的口袋里总是有很多的钱。对于钱，我根本没有任何概念，偶尔跟母亲要钱，无非是买一支五分钱的冰棍，或者六分钱的棉花糖，好像从来没有超出过一角钱。

当然，过年逛厂甸的时候例外，妈妈会给我们一两角钱，和姐姐们挤进人堆儿里，挑一支小绒花，买上糖人儿，或者风车、面人儿什么的，那时候，上了五角钱便不得了了。即使爸妈给，邻居们也要说，哟，你们可真会惯着孩子啊！

那时候的玩儿真是没有成本的，即便玩过家家，也只用一些最简单的玩具，譬如，妈妈带着我们做的布娃娃，用肉色洋布做成小套，里面塞上棉花，然后，在做成的娃娃脸上画上五官，五官画得不好看，眉毛太粗了。但在伯父给我们买来洋娃娃之前，这个娃娃依然是我们争夺的对象。隔壁的树弟约我玩过家家，竟用土和了泥，做了好多泥巴"白薯"，我和他扮演爸爸和妈妈（天哪，那真是最早也最土的Cosplay（角色扮演））！然后，他扮演的爸爸一下班，我就说："吃白薯吧。"万没想到，他真的把一大块泥巴放进了嘴里！树弟妈冲出来把他好一顿痛打——可是泥巴已经咽下去了。

三、我小时候是童工

很早时就想写一篇《我小时候是童工》。真的，一点不夸张。

从很小的时候，母亲便开始教我绣花。有一回她翻箱子，翻出年轻时候描的花样儿，竟厚厚的有一沓，大多是花草，也有怪怪的，譬如有一幅样子，是一朵半开的花，花心里有一美人的脸，是侧面，有长长的睫毛，我看了喜欢，就学着绣。母亲有满满一匣丝线，大概有十几种颜色，好看得不得了。尤其是茜红色和淡青色两种，简直柔和得像梦，后来竟再没见到那样的颜色。母亲给我一小块白色亚麻布，我小心翼翼地拓下花样儿，用绣花绷子绷了，用了一下午的时间绣好，花瓣用了水红，叶子用了苹果绿，美人的嘴一点鲜红。自以为好看得很，谁知姥姥拿出她年轻时绣的茶杯垫，把我和母亲都看傻了。一件宝蓝缎底上绣金钱花，一件淡青缎底上绣荷花莲藕，都是极尽精美。宝蓝色那件，花的轮廓都用金线嵌边，铁划金钩，很像国外教堂那种洛可可式的彩绘玻璃；淡青色的则以银色线为主调，藕是玉白的。两件都滚了边，是圆的"线香滚"，又叫"灯果边"。精细到一朵花看不出丝线的缝隙，只当是又凸起一层缎子似的。后来我把这两件东西缝在一起，做了一个圆形的小钱包，宝贝得什么似的，现在还收在箱子里，装出嫁时妈妈给的镯子。

千万别以为绣花是绣着玩儿——那可是挣钱的！当时中国只有几项出口的活儿，绣"玻璃"纱算是其中一项，还有一项做绢人后面再谈。所谓玻璃纱，就是一种透明的硬纱，类似现在我们的"欧根纱"，绣成桌布，绣完一条四块钱，那真是顶级的工钱了！当然，母亲只是接了一期就不干了，太累要求太高，接下来又让我接下织网袋的活儿，织一个七分钱，当然网袋不是出口的项目，所以当年家家小女孩都飞梭走线地织网袋，我的速度算中上游的，怎么也达不到顶级。

还有玻璃丝，也叫电丝。那时的小女孩谁不攒上几大包，各种各色的。本是用来扎小辫儿的，当时女孩以长辫为美。黑黑亮亮扎上两根大辫儿，走起路来，风摆荷叶似的一飘一坠，再配上或鲜红或碧绿或天蓝或杏黄的玻璃丝，煞是好看。后来到了60年代中后期，也就是"文革"时期，女孩剪了"革命头"，玻璃丝用不着了，于是就用来编东西。在那个许多人累得吐血的年代，我们这些小女孩儿却常常闲得无聊，由无聊而创造，且有公平竞争：每人手里都拿着一把玻璃丝，或编钱包，或编杯套，倒也自得其乐。

渐有了花样翻新。知道玻璃丝还可以编好些别的东西：金鱼、热带鱼、小鸟、蝈蝈、白鹅、葫芦、桃花和梅花。我还在这些作品的基础上创作出蜻蜓、青蛙、小兔吃萝卜等等。又自己琢磨着在蛋壳上画画，父亲很支持，就亲自在蛋壳底下扎一个针眼，把生蛋啜干净了，交给我。后来看到院子里的小葫芦熟了，干了，摘下来，用油彩也可以画画，"嫦娥奔月"就是我那时画的。还有瓷盘、瓷砖，也是那时候画的。现在看起来真是不可思议地精细啊！也就越发感觉了自己现在的退化。

还有些别的工作，譬如饲养。我家最盛时曾经养过一只鸭子、五只母鸡、四只兔子、一群鸽子、两只小鸟和一缸热带鱼。鸭子几乎天天下蛋，有时还是双黄的，腌好的鸭蛋，永远有金红色的油冒出来，就着白粥吃，真是童年时的一道美味。有一只老油鸡永远不玩，总是猫在窝里，脸一红，就下蛋。其余的四只都是来杭鸡，瘦瘦的行动很利索，只是下的蛋是白的，石雕样地冰冷，不像那只油鸡下的蛋，暖乎乎红润润的，让人一看就感到春天般的温暖。

我最怀念的当属鸽子，曾经有过轰轰烈烈的一大群。每天放。鸽子飞向天空的时候有一种壮美的气势。那时的天空很蓝，鸽哨声低低的有如远方的风铃。那时所有的孩子都仰望天空，好像小小的心也跟着飞去了似的。

唤鸽子的嘟噜声我始终学不会，弟弟却学得极像。鸽子飞累了，弟弟一声呼哨，接着卷起舌头嘟噜两声，鸽群便扑棱棱地俯冲下来，在小米的黄金雨中，争食。有两只索性就站在弟弟的肩上，前呼后拥的，弟弟一副居高临下的神情，简直如同帝王般神气。

喂养却是大家的事。我钟爱那只全身雪白、红冠红嘴的雄鸽，常悄悄给它开些小灶。后来又抱着它拍了张照片，很像解放初期那幅家喻户晓的招贴画《我爱和平》。但是好景不长，一只凤头野雌鸽飞来，很快破坏了白鸽的纯洁，一窝小鸽子诞生了。水性杨花的凤头移情别恋，小鸽子嗷嗷待哺。可怜的白鸽只好担当起喂养后代的责任。它每天只出去一小会儿，到点便回来。刚一回窝，便被小鸽子撕咬起来，它不断地反刍，依然不能满足儿女们的贪婪，一张好看的嘴被撕得鲜血滴滴，全家人看了都心疼。后来，小鸽子长大了，再后来，做成了一碗美味佳肴。白鸽是最后一个被杀的，端上来，味道极香，却没有人来吃。

后来，我终于在一家工艺美术工厂卖出去一只蛋壳画，买了几只广风餐厅的咖喱饺，还给爸爸买了一支雪茄。

我小时候是童工，在妈妈的严厉呵斥下，一共为家里赚了二十几块钱。

四、从洋灰地与石笔开始

最喜欢的当然还是画画。

大约两三岁的时候，会用石笔在洋灰地上画娃娃头。和两个姐姐一起画。爸爸下班回来，夸我画得好，受了鼓励，便越发地画得多。三个女孩比赛似的，画得洋灰地满地都是，还编着故事，那就是最早的连环画吧？再大些，五岁了，就照着当时的月份牌画了一个《鹦鹉姑娘》。50年代出的那些月份牌，凡画着女人头像的，似乎与30年代上海滩的没什么不同。也是一律的柳叶眉、丹凤眼、檀口含丹、香腮带赤，像是初学工笔的人画的画，连衣褶的线条都是一样的。月份牌上画的是个古装的姑娘，拿一把宫扇，巧笑倩兮，美目盼兮，最别致的，是旁边一个架子上踏着一只鹦鹉，毛色斑斓得很，好些年后我才知道，那是鹦鹉中的名贵品种，叫作琉璃金刚鹦鹉。

　　我是用铅笔画的，然后用彩色铅笔上色。画完之后被邻居看见了，就宣传出去。几天之后反馈回来的消息说，图书馆馆长的太太张师母（后来我以她做原型，写了个中篇《做绢人的孔师母》）请我去她家里玩，要看看那张画。一早，母亲就让我换上洗干净的衣服，说张师母家是出了名的干净，难得请人去的，去了可要处处小心。

　　张师母非常客气，浙江人，温文尔雅，很会打扮。脸上皮肤特别薄，一层浅浅的雀斑，扑了一层淡淡的粉。说话从来不会高声大嗓。她先给我端了点心盒子，请我吃点心，然后静静地看了一会儿我的画，问，愿不愿跟她学画绢人。

　　她是做绢人的，家里摆满了一个个的玻璃匣子，里面是一个个的绢人，基本都是古装仕女，有林黛玉、王昭君、崔莺莺、穆桂英……她做的绢人，都是出口的，特别精美。她指的画绢人，是单指画绢人的脸。

　　我当然愿意，就正式拜了师。但是学的时间并不长，弟弟出生后，母亲就坚决不让我学了，让我在家帮着干活儿，起码，可以帮着捵炉灰（那时还烧煤球炉），擦桌子扫地什么的。那时家里有个保姆，叫王大妈，河北人，这些事情她是不管的，单带孩子，还给孩子做衣裳，给全家做饭。她做的棉活特别好，家里的被子都是她做，但是做饭却不敢恭维。姥姥常常背着她撇嘴，不过也难说，当时正是自然灾害的日子，她能别出心裁地想些法子来做饭，她做的棒子面菜团子特别好吃，一蒸就是一簸箩，两天就吃完。

在家里有了空，还是常常画画，特别喜欢画古装仕女，画了整整一本，后来被老家的爷爷拿走。在学校，我的美术课永远是满分。我记得有一次参加一个比赛，画的是"战斗的越南南方青年"。第一稿出来后，美术老师让我把那个越南女青年的衣褶改一改，她说，女性的胸是凸起来的，那几道衣褶特别重要。我听了面红耳赤，好像第一次注意到女性的胸是应当凸出的——小时候我是个特别容易害羞的小女孩。那是我第一次画现代人，此前画那些古装仕女，是用不着注意胸的，只要把脸画得美丽就行了。

我特别喜欢画那些古代美女身上的珠宝饰物，画起来不厌其烦，把一粒粒的小珠子都画得精精致致。有一次还画了一个阿拉伯美女，画的时候我就想，要是将来我也有这样美丽的衣裳穿就好了。然而在我整个的青少年时代，那简直就是做梦！

从东北回来之后我开始画各种名作的插图，都是靠想象画的。譬如《安娜·卡列尼娜》中安娜看渥沦斯基赛马时，白衣白花，雍容美丽；而当她卧轨时，用的是青灰色调，用了一般绘画从没用过的角度：让卧在铁轨上的安娜在画面正中，睁着一双惊恐的大眼睛，头颈向上挣扎着，因为挣扎面部有些变形，一列火车正对着她开过来，浓烟向后散去，因为透视的角度，好像火车马上就要从她的身上碾过……又如《前夜》中的英沙罗夫和爱伦娜，我画他们骑在一匹骏马上，在暗夜中飞奔；再如《战争与和平》中的安德烈和娜塔莎，《巴黎圣母院》中的艾丝美拉达，《被侮辱与被损害的》中的小姑娘尼丽等等，画的基本都是油画，可惜两次搬家，没有保存下来。

还在蛋壳上、瓷砖上、葫芦上画了一批工艺画，大多送了人，自己只留下一点点。

五、今生之疾

失眠是我的毛病，是我的一个长久的无法治愈的毛病。

最初的失眠始于九岁（天哪，谁会相信！），罪魁祸首是《红楼梦》。那时，父亲买了一套新版的绣像《红楼梦》，父亲说，老大上初中了，可以看看《红楼梦》了，老二得再过两年。至于我，父亲连提也没提。

孩子们似乎早已形成了格局。我在父亲眼里永远是长不大的小女孩。但是父亲永远不会知道我心里到底想的是什么，我到底有多强的好奇心。

就在父亲发话的那个夜晚，九周岁刚刚戴上红领巾的我趁着夜深人静悄悄爬上书柜的顶层，把那本还散着墨香的《红楼梦》拿到了手里。

几十年过去之后，我回想起这个夜晚，才真正感觉到，这的确是个不平常的夜晚：正是这个夜晚塑造了我一生的命运。

我翻开书，首先看到那些前人描绘的绣像，贾宝玉、林黛玉这些名字第一次穿过时空来到了我的面前，我，只有九岁的一个小小人儿，竟然一下子就被抓住了。在那之前，应当说我已经有了一些关于爱情知识的准备，那些知识主要来自各种各样的小人书。我的家里积攒了四百多本小人书，这主要是大姐的功劳。大姐素好清洁，四百多本小人书都被她整理得十分妥帖，干干净净地放满了四个抽屉，并且编了号，若是有邻家小朋友来借，何时借何时还，都清清楚楚。

我常照着小人书画人头像，那些小人书，那些美丽的多情的或者温柔或者刚烈的女人，就那样以一种潜移默化不为人知的方式走进了我年幼的心里。

所以在看《红楼梦》的时候，我一下子就认出了贾宝玉和林黛玉，我从众多人物中认出了他们，选中了他们，我挑着看，只挑他们的爱情部分看，看得天昏地暗日月无光，看得五迷三道晨昏颠倒，最后看成了神经衰弱。我一夜夜地失眠，清早上学的时候脑袋眼睛都是胀胀的，难受得不行。那时隔壁玲玲每天来找我一起上学，有一天，玲玲在我的床头发现了那本还没合上的《红楼梦》，翻一下，正好写着"作者自云：因曾历过一番梦幻之后……"。玲玲于是大叫：原来《红楼梦》的作者叫自云！我顿生蔑视："什么自云！自云是自己说的意思，都三年级了，你还不知道《红楼梦》的作者是曹雪芹?!"那时我说话总是很冲，可玲玲从来不跟我生气。

但是太虚幻境实在很厉害。太虚幻境让九岁的我走火入魔了。在一种强烈的冲击下我病倒了，在病中，在大人不在身边的时候，我仍然悄悄拿出藏在枕头下边的《红楼梦》悄悄地看。这几天恰恰看的是"林黛玉焚稿断痴情，薛宝钗出闺成大礼"一节，看到黛玉脸色惨白吐血不止，临终时嘱咐紫鹃的那些话，我的眼泪就像忘了关上的自来水龙头，哗哗地淌下来，把被头枕巾全打湿了，一天也睡不到一两个小时，把个老爸急得到处钻天打洞求医问药，一律无效，眼看着我一天天瘦下去了。

六、爷爷、伯父与伯母

也是我命不该绝，就在这时，老家的爷爷忽然来了。

爷爷养育了三个儿子一个姑娘。爷爷可不是一般的爷爷。爷爷早年参加过北伐，岂止是参加过，爷爷还是北伐军中一个当官儿的。爷爷的尚武习气传给了伯父，却一点也没留给父亲和叔叔。

伯父是我们一家人的骄傲。从很小很小的时候起，我就知道自己有个当解放军大官的伯父。我们最想去的就是伯父家。伯父家有大房子，有小汽车，有特灶可以做好吃的，想吃什么就给做什么。

我从小就馋，姥姥总说我是饿死鬼托生的，到了伯父家，一闻见那股香味儿就勾起了我的馋虫，在"三年自然灾害"期间，我尤其愿去伯父家。在那儿完全是另外一个世界，生活在那个大院里的人，好像与世隔绝，他们一点儿也不需要拿着小篮子去剜苦苦菜和小蘑菇，一点儿也不需要到树上去摘榆钱儿或者槐花儿蒸榆钱儿饭或者槐花儿饭吃，一点儿也不需要精打细算，把棒子面儿和白面搀在一起做金裹银儿——起了这样好听的名字也无法掩饰它们的廉价。有很多食品我是在伯父家第一次尝到的，譬如清蒸鲥鱼，譬如松花蛋，譬如烤鸭……那时弟弟还没出生，我们姐妹三个打扮得漂漂亮亮的，跟着爸爸妈妈到伯父家，那时的伯母也很漂亮。我喜欢看伯母的衣裳和发型，伯母总是打扮得很得体，没有生育过的腰身很好看，说话带沈阳口音，但是声音很好听。伯母很能说，假如不加阻止，她批评勤务员一批就能批上几个钟头，伯父家的勤务员总是在不停地换，谁也不入伯母的眼，所有的勤务员在伯母面前都显得粗陋不堪，自惭形秽。看得出来，伯母实际上也看不起所有亲戚，尤其是女性亲戚。伯母比母亲年轻很多，与伯父结婚时是野战医院的护士，家里是菜农，日子还算小康，念过几年书，和伯父结婚的时候只有十九岁。婚后就不再工作了，专门照顾伯父的生活。几十年之后我悟到，做家庭妇女实际上是一件非常可怕的事情，烦琐的家务会毁掉很多女人，特别是，假如没有孩子在身边，那就更可怕了。

在童年的记忆里，伯母总是和那一种好闻的饭菜香味儿一起出现的，好像伯母身上就有那种香味儿，我喜欢凑在伯母旁边看她做饭，我在伯母那儿学会了怎么斜着切葱，怎么把丝瓜切成滚刀块，怎么把砧板刷得干干净净一尘不染。我注意到伯母穿淡绿色浅花半透明的长丝的确良上衣，戴绣着鸽子的围裙，踏一双银灰色丝绒拖鞋，露出雪白的脚趾。我喜欢看伯父家的摆设，到处都是一尘不染，连厨房的桌布都透着洋气，我知道伯父去过苏联、印度和摩洛哥，厨房的这块小格子桌布大概就是从印度带来的。我从小特别喜欢那些"外国的东西"，只要有一点点可能，就把它们收集起来。我知道姥爷生前去过德国和比利时，姥姥的箱子里收藏着全套德国银制餐具和比利时的化妆盒、杯子和香水瓶。姥爷已经去世那么长时间了，姥姥却依然不肯把那箱子里的东西拿出来示人。

在姥姥高兴的时候，送过我一只比利时的化妆盒，是木制的，上面刻着巴洛克式的复杂花纹。她最喜欢在盒子里放着的那些精致香水瓶和小镜子，香水瓶上镶满了银制的刻花，小镜子的背后画着法国路易十五时代的女郎。那只盒子，永远散发着香气，那只盒子至少也有上百年的历史了，那香气早就该散尽了呀，我想。

但是在这儿，在伯父家里，墙上挂的是列维坦的风景画，桌上放着苏联老大哥制作的那种笨笨实实的方盒子，我知道里面装的是水果糖。我从小就隐隐绰绰地感觉到，父亲的学生，凡是像点样子的，好像家里都有这种方盒子，那方盒子在50—60年代前期成了一种上等人家的标志。也包括隔壁的玲玲家。玲玲爸爸也是去过苏联的，玲玲同同姐妹俩把心爱的苏联小娃娃送给我，来换取我画一幅仕女画儿。

我知道，伯父多次去过苏联。伯父去过苏联回来就是我们姐妹实现梦想的日子。第一次，伯父带来三条纯羊毛围巾，都是用极鲜艳的羊毛手编制成的，美丽极了。后来，又带来三件布拉吉，给大姐的是白底红樱桃花，青果领，卡腰，穿上人显得个子高；给二姐的一件透着洋气，牙白色麻纱的底子，领口袖口都镶着极大的蓝白相间的花边，看起来像是给童话里的女孩穿的；给我的一件尤其漂亮，白色泡泡纱的，前胸有剔空的花，在空花里嵌着一条极鲜艳的朱红色缎带，张玉姐姐说我穿起来像个布娃娃。六一节的时候，我们神气活现地穿了漂亮衣裳走在路上，非但路人回头率高，连警察也驻足观望呢！

我在大院的石子甬道上跑来跑去的，说不出的快乐。我知道，一会儿伯母就要喊："来吃饭了！"我们几个小孩会一起抢着吃"玻璃"，那是我们给松花蛋青起的名字，至于松花蛋黄，看着那绿乎乎的色儿就恶心，有次伯母喂了我一口，我差点儿没吐出来！

还有清蒸鲥鱼，那是我最爱吃的，我头回听说鲥鱼一定要带着鳞蒸，那鳞蒸化了，化成了满口清香的鱼油，真是比那细嫩的鱼肉还有味呢。奇怪的是，现在的鲥鱼再也没有那时鲜美的味道了。

吃过饭之后伯母照例就要挤对人了，挤对的对象视人员到场而定，伯母当时最烦的一个人是婶子玉曼。玉曼和叔叔刚刚新婚，叔叔其实整个像个毛孩子，他从小是在伯父身边长大的，成天挨伯父伯母的批，批得他一丁点自信也没有了，像个木偶似的由着他们牵线转来转去。结果上了大学之后才开始交女友，第一个女友是大户人家出身，上海资本家的小姐，长得是真美，两条大辫子一直拖到小腿肚子上，交这样的女友自然要挨哥哥嫂子的批，叔叔生平头一回敢对哥嫂阳奉阴违，将自己的爱情迅速转入地下。但是地下爱情并没坚持多久。说到底还是因为他自己。叔叔除了喜欢和我们姐妹三个一起开心玩耍之外没有一点点和女性接触的经验，很快就失去了资本家小姐的青睐。最后的分手炸弹来自于饺子，叔叔说他喜欢吃饺子，女友和她曾经做过资本家太太的母亲就亲手给他包，包了几十个，煮出来，叔叔竟然没等到女友上桌就给吃完了，只留了四个，还不是留的，是实在吃不下剩的。

叔叔至今都不明白为什么自己在踏踏实实吃了顿美味饺子之后被人客气地请了出去，从此被女友抛弃。

之后有一大段时间，叔叔一直浑浑噩噩地过，直到有一天，同班的女同学磬玉曼向他直截了当地表示：她爱上了他。玉曼起了个美丽的名字，人却长得像个男人，带她到哥嫂家来，嫂子是一百个看不上。一万个看不上也没办法，最后人家还是结了婚。更让伯母看不上的，是大气儿还没喘两口子就有了孩子，紧接着一个接一个地生，一口气儿生了四个！

玉曼就成了伯母永久的挤对对象。

但是在当时，伯母讥讽的对象再次换人，既不是勤务员也不是小叔子小姑娘，变成了老头——老公公，也就是我的爷爷。

伯母说，那个老封建，就是奔着孙子来的。伯母似笑非笑地冲着我一挤眼儿："三姑娘啊，甭管你怎么聪明学习好，谁让你是个丫头！你爷爷就是个老封建，就是奔着你的弟弟来的！"

伯母说对了，爷爷的确是"奔着孙子来的"，可是来到北京见到孙子却大失所望——孙子像头倔驴似的，除了闷头吃喝就是出去斗鸡走狗打弹弓，加减乘除勉强应付下来就不再读一个字的书。在学校大院的小男孩中，不读书的风气很盛。大伙放了学便混在一起玩，特别是大夏天儿的晚上出来乘凉的时候，北京男孩在路灯下抱着胳膊侃大山那真是北京一景儿。侃大山其实就是吹牛，弟弟特别有吹牛的资本——他打鸟儿的命中率全院儿第一！

好不容易老头找了个能与孙子亲近的机会，看电影。那时候院里还是每周演一次电影，那次是《地道战》，还是弟弟一直念叨着想看的，可一听说爷爷要去，他立即改变了主意，说是作业特别多，得在家赶作业云云。爷爷一听，立即老泪纵横，忙着问买车票的事了。父亲看了心疼，又管不了儿子，只好唉声叹气地让二姐陪爷爷出去"走走"。老头摇摇头，雪白的头发和胡子也跟着直颤。在我眼里，爷爷像是个童话里的白胡子公公，根本不像真人。爷爷并不那么听话，他坐在那个摇摇晃晃的旧藤椅上，拒绝和二孙女一起出去，那时候又没有电视，全家只有一台旧得发黄的收音机，爷爷叫我把它打开了，是"小喇叭"广播，孙敬修爷爷和康英老师讲故事——我最爱听的。

坐了一会儿，爷爷无聊得很，就把老家的数学题出给我做，本来是有一搭无一搭地消磨时间的，可是几道题下来之后，老头的眼睛越来越亮了。当父亲走进房间的时候，老头简直连白胡子白眉毛也一块笑："哎呀呀，这个小娃儿可是个宝哇！我们家里初中学生都做不出来的题，她竟能做出来！怪了怪了！"我父亲本是极孝顺的人，见老人高了兴，一块石头就落了地。

爷爷的到来中断了我对《红楼梦》的痴迷。

但是读书的习惯却一直持续了下来。读书极大地影响了我对于人生的看法，我至今不知这影响究竟是好是坏，当然，有些事情是绝不能仅仅用好坏这样简单的词来界定，然而读书带给了我一种精神洁癖，这洁癖令我永无休止地痛苦——如果有来生，我是绝不选择这条路了！

七、梦

我在童年时常常做梦。

当然，这里的梦不是那种"日有所思，夜有所梦"的梦。这是一些稀奇古怪的梦。是无法用白昼的想象所完成的。我总疑心每个孩子都做过这种梦。不过是人长大了，许多事便忘了，于是不再记得孩提时代的梦。

人的远古灵质一定是被欲望侵蚀掉的。于是灵质也就仅仅属于孩子。好在我的记忆很值得自豪。记得很小的时候常常重复地做同一个梦：我家的便池后侧在梦中出现了一条通道。我钻进通道，便会来到一家商店。这商店总是陈列着同一种方形蛋糕。上面印着两个踢足球的人。下面的梦境有些模糊，我记不得是怎样穿过商店忽然来到一片仙境似的乐园。总之，呈现在我面前的是一片极美的花，每一朵花上都栖着一只极美的鸟，更确切地说是那时商店里常见的一种彩色绒鸟。这鸟不会飞，可以很容易地把它装进衣袋里。也就是在这时候，我每每要抬头看见一座巨大的牌楼，上写四个大字：极乐世界。梦总是在这一瞬间惊醒。

我对北大中文系的洪子诚教授谈及此事，他开玩笑说：原来极乐世界藏在你们家的便池后面。

我总觉得梦和一个人的灵性有牵连。

还常做的一个怪梦是：天上乌云翻卷，乌云汇聚成一个个巨大的人头俯视着我。在一种近似绝望的处境中，忽然有两个猎人打扮的人出现在街市上，他们极其高大，腰围兽皮，我便不由自主地跟着他们走，走到哪里并不清楚。总之是摆脱困境了。这个梦，在几十年之后的第三届青创会上，曾请广西的黄女士破译。黄女士当时极火，青年作家们众星捧月似的围绕在她周围。当时因徐星跟她私交较好，好不容易才同意接见。及至见了，很委婉地说她精神不大好，只能圆梦，不能算命，我们立即齐声应道：能够圆梦便很好了，别无奢望。于是和我同房间的女编辑先开了口，只记得当时黄女士漫然对她应道：你已经离了婚，现正渴慕一男性，但你要同他结合，需经一番周折。女编辑黯然神伤，不再说话，我却不以为然。因我自以为对女编辑知之甚深，她结婚不过两年，就是在算命之前还在谈着她的丈夫。离婚当属无稽之谈。心中的敬畏便早已减去了几分。轮到我时，我只将关于猎人的梦讲给她听了，谁知她三言两语，句句中的，特别是对于已发生的事，竟说得毫厘不爽，令我不得不折服。心中感叹原来神灵是有的，只不过并非人人适用而已。

小时候常听妈妈和外婆讲她们的梦。妈妈常做一个噩梦：梦见自己过关，大概是鬼门关吧。有一个老头看守。而且每逢此时便有钟响，令人毛骨悚然。奇怪的是父亲死后妈妈再没做过此梦。外婆是佛教徒，做的梦似乎也有佛性，她梦见自己落下悬崖，有巨手来接，显然是佛之掌。每每感叹：到底是老佛爷慈悲，虽是贪、嗔、痴之人，仍然来救。那几天便加倍供奉，脾气也好了许多。而父亲、丈夫、弟弟这些男性公民则从未说过梦，不知是沾枕头就睡着还是遗忘机制特别强，总之远古灵性似乎是女人专利，难怪连西方也有女人和猫有九条命的说法——均属阴性动物是也。

成年之后，特别是结婚之后很少做梦，自谓原始灵性已遭毁坏，沦为庸人，地地道道的一身俗骨。相反的，姐姐却是中年得道，自35岁之后，接二连三地爆出许多怪梦冷门。其精彩程度绝不在我童年梦之下。譬如班禅大师圆寂时她曾有这样一个梦：远方碧蓝的天空显现出金碧辉煌的布达拉宫，她由一小和尚牵引着过一独木桥，小和尚向她微微一笑，伸过手来，每逢讲到此处，姐姐便很动情。并且在过桥之前有遍地蛇状的黄金。无疑桥那边便是彼岸了，那小和尚便是佛祖的使者，前来引度而已。曾向高人半仙兄讲述此梦，此兄击节赞叹，说是姐姐非凡人也。后来此梦果然部分地应验——此是后话，就不多说了。

婚前做的最后一个奇梦是关于父亲的。其时父亲刚刚去世，我梦见一仙境，背景是原始森林。前面是一面美丽的湖，有梅花鹿在湖畔漫步，父亲与一古装老人正在悠闲自在地谈天，那老人似乎就是老子或庄子。父亲的面容也同老人一样恬淡。这时忽然眼前一黑，仙境逝去，原来竟是一长而宽的银幕，有画外音道：某某某（父亲的名字）教授就长眠在这青山绿水之间。于是场内灯亮，梦醒。此梦几乎原封不动地引入我的一篇小说之中。因父亲生前极善良，又吃过许多苦，我想如果按照佛教教义，他是该有个好去处。或许是他去了，托梦来告我，也未可知。

公正地说，婚后也没有完全断绝预感和应验的老故事。1985年生小孩之前曾做一梦，那天正好要去医院做B超，此前我和丈夫（确切地说是前夫）一直认为怀的是女孩，理由便是女孩打扮妈，而我那时的确形神俱佳。谁知那天中午忽然做了个短暂的白日梦，梦见一个可爱的男孩在澡盆里洗澡，周围一圈儿人胳肢他，他咧着没牙的小嘴咯咯地笑。醒来，那笑声似乎还在耳边。给前夫讲梦的时候他还不以为然，及至B超结果真的是个男孩，他也呆了。最绝的是儿子长到三岁时，简直就和那梦中男孩一模一样，这真不知如何解释了。

所以当读到荣格小时候的神秘故事及成长经历之后我十分心领神会。荣格是极聪明的，他的聪明就在于他很好地转化、并掩饰了自己。聪明人一般都没什么好下场。我总结了两句话，叫作：要么当骗子坑别人，要么当疯子坑自己。如果不想做骗子或疯子，就得像荣格那样掩饰和转化，使自己变成一个凡人（起码在表面上）。变成凡人的最重要因素便是家庭：荣格聪明地娶了一个贤良的妻子，聪明地生了一群孩子。连他自己也说：我的家庭时时在提醒我是个实实在在的普通人，他们保证了我能够随时随地返回到现实的土壤。

荣大师在释梦方面超越了前辈弗洛伊德而自成一体。据说在希特勒崛起之前荣格便从梦中感应到"金发野兽"将要冲出樊笼。在荣格所做的无数个神秘梦中有一个特别引起我的兴趣：他梦见本堂神父的牧场上有一深深的通道，他走下去，见到一半圆门，上有厚厚的帷幕掩盖，地上铺着石板，有一块红地毯一直铺到一宝座前，那是一个精美绝伦的黄金宝座，是真正的王位。王位上屹立着一个巨人般的东西，那东西的质地十分奇怪，是用活的皮肉做的，无脸无发，一只独眼凝视着天花板。就在这时他忽然听见母亲的声音从高处传来：就是它，这就是那吃人的妖魔！于是荣格大汗淋漓地醒来。彼时他不过还是个三岁顽童。几十年之后他才悟到那帝王宝座上的东西原来竟是一个巨大的男性生殖器。

比起大师来我的梦自然相形见绌了。不过有一点很奇怪：那就是无论东方还是西方，孩子们似乎都对于冥冥中的什么充满了恐惧和敬畏，这大概就是所谓原始图腾崇拜心理吧。但是东西方的图腾似乎很不一样，一个是：神；另一个是：人。当然，也有共同之处：神性的人或曰人性的神。远古时代，人神合一，而后来人背叛了神，也就遭到了神的遗弃。现代人中只有极少数人神性尚存，于是神的宠儿将过去未来现在之事告诉神的弃儿，当属天经地义之事，实在没什么好奇怪的。

想通了这个，便明白了黄女士圆梦的秘密。最让人叫绝的是青创会开过六年之后，方知黄氏当年为女编辑圆梦的极度准确性，女编辑已历经坎坷与当年的有情人终成眷属，真真可喜可贺，只是不知道她是否还记那年下午，黄女士慵倦地斜倚在床边，越过所有人的目光，旁若无人娓娓道来。

八、那些迷人的电影

曾经是个不折不扣的影迷，也许现在还是。头一回看电影是在 5 岁。因为矮，只好坐在椅子扶手上。演的是《画中人》，好像是根据民间故事《巧媳妇》改编的。海报一直贴到家属区。女演员涂着血红嘴唇，很是醒目。那时我恰巧觉得血红嘴唇的女人美丽。何况她还有一件同样红颜色的衣裳。那片子主要是说一对恋人怎样战胜艰难险阻，最后终成眷属的故事。我流了好多眼泪，姐姐们也哭了。电影院的灯一亮，大家的眼睛都是红的。紧接着又看了一个《华沙美人鱼》，波兰电影。也是说爱情如何战胜邪恶。但这回不觉得感动了。女演员的嘴唇也是血红的，却并不美丽。只莫名地有点怕。好长时间看外国片子都怕，不知为什么。

60 年代初、中期有一大批好片子。像《五朵金花》《刘三姐》《冰山上的来客》什么的。女主角美，情节曲折，插曲好听，这就很够了。美也是在变化着的。那时大家公认杨丽坤、黄婉秋是天姿国色。

所以二十年之后这些片子重演的时候，人们在某种怀旧意识得到满足的同时，不免有些淡淡的失望。生活越来越好，姑娘也越来越漂亮，天姿国色的标准越来越高。何况经过几十年的理想化再塑造，理想形象与实际形象差得太远，因此也就容易失落。不过有一点倒是毋庸置疑：那时的片子真！服装真道具真，演员的情感更真。没有这点真情，富丽堂皇的画面，离奇曲折的情节，天姿国色的女主角……似乎只能起点副作用。

"文革"时期，江青一下子点了二百多部电影，正面的片子只剩了三四部。演得最多的是《南征北战》。几乎每句台词都背得下来。男孩子们开口就是："老高又进步了！""以往的失败全在于轻敌呀！""积党国四十年之经验"……总之演反派角色更形象一些。认真想想，似乎北京"侃派"源出于此。

后来终于盼到新片出台。首先看到浩然小说改编的电影《艳阳天》，张连文主演。小说中爱情描写似乎占很大比例。但电影中萧长春和焦淑红连手也没敢握一下，令人大失所望。那时电影中的男女主人公都是守身如玉的清教徒，要么就干脆是孤男寡女，男的没老婆，女的没丈夫，或者是中性人，令人决不敢想入非非的。若是战争片，则硝烟炮火之中，"好人"决不能衣冠不整，面容不洁。即使流血，也要红是红，白是白，鲜明夺目的洁净。不幸的是，这种"洁净"较之过去的战争片来，透着一种不可忍受的虚伪。假恶丑一旦贴上真善美的标签，则比赤裸裸的丑更令人作呕。

真正的电影革命似乎是从《黄土地》开始的。应该给陈凯歌、张艺谋记一功。记得有一回去"美院"，一个朋友异常兴奋地谈起《黄土地》，特别提到演憨憨的小演员和那粗犷的陕北民歌，引得我很想一饱眼福。但直到很久之后才从电视屏幕上看到片子，那时知道有第五代导演之说，并且很偶然地与他们中的一个合作了一把。

身怀六甲的时候连续看了四十部法国电影——是法国电影回顾展，干劲可谓大矣。此前总是对西方电影怀有某种迷信。全部看下来之后，也许是因为同声翻译的缘故，有一种头昏眼花之感，印象较深的只有罗密·施耐德主演的《直观下的死亡》，还有《资产阶级审慎的魅力》《放大》等。《直观下的死亡》讲一个女人被告知患有不治之症，医生不断地给她一种药物让她服用。电视台则不断追踪拍摄，试图将她垂死前的征象记录下来。后来拍摄者爱上了那女人，于是又另有一番动人心魄的爱与死的角逐，谜底揭开，方知那女人本来根本没病，而是电视台为了拍死亡前的镜头买通医生给那女人服了慢性毒药。故事本身就吸引人，加上施耐德高超的演技，确实有一种震撼力。我是在那部片子中真正认识罗密·施耐德的，比较起来，《茜茜》不过是她早期的小品而已。

苏联的片子有许多令人叹服之处。如《岸》《德黑兰43年》《怀恋的冬夜》《你的名字》等等，不但拍摄讲究，还有一种非常厚重的东西，那大概就是伟大的俄罗斯文化了。就连喜剧也绝不是轻飘飘的。像《办公室的故事》《两个人的车站》等，都有一种格调，中国的喜剧缺的就是这种格调。这种格调究竟来自什么？是文化还是民族素质？或许因为俄罗斯是个会唱歌的民族，而会唱歌的民族肯定是富于智慧和幽默的。不仅如此，还有一种苍凉和悲壮，像辽阔的田野和奔腾的伏尔加河一样。

美国在欧洲眼里就像古老贵族眼中的暴发户。但是暴发户绝不可轻视。何况好莱坞还有那么多超一流的大明星，达斯汀·霍夫曼、梅丽尔·斯特里普、朱迪·福斯特……更早些的梦露、嘉宝、费雯丽、赫本、马龙·白兰度……真是星光灿烂、若出其里。最绝的是当代最灿烂的明星并不一定是俊男靓女。斯特里普和霍夫曼便很能说明问题。《雨人》中霍夫曼的表演真到了炉火纯青的化境。还要特别提到的是朱迪·福斯特，这位两届奥斯卡影后简直是个精灵。第一次看她主演的《被告》，心里像是发生了十二级大地震。她演得那么逼真，真到了令人不敢正视的地步。说她的表演把做明星的难度推向一个新高峰一点儿不过分，能感觉她是极聪明、极有潜力的。我想她还会有令人惊叹的表现。

我想肯定有许多人会被《去年在马里昂巴德》这样的片子所倾倒。罗布 - 格里耶把作为艺术的电影推向了极致。在这里，人们走入了智慧的迷宫，这迷宫具有完美的想象力和不可摹仿性。被传统思维方式捆绑惯了的人们惊呼遇到了智力的挑战。

　　但是最让人感到内心撕裂的还是瑞典大师伯格曼执导的《呼喊与细语》。大师把人与人之间那种隐秘的、令人悲哀的关系推向了极致。死去的大姐因为生前未能得到姐妹亲情的温暖，死后还在渴望与妹妹体肤的接触；二姐因为厌恶丈夫、不愿与之过性生活而竟然用利器刺破阴道，将鲜血涂得满脸……

　　北京的电影资料馆，自九十年代末便每周放两部原版片，如果长期看，最佳办法是办张年卡，八百元可以看一年，我至少断断续续办了十年的年卡，与我同样狂热的有周晓枫与孙小宁，电影把我们带到了另一个世界，在那个世界我们曾经狂笑也曾经痛哭，曾经乐不可支也曾经痛不欲生。

　　记得苏联解体后有个片子，叫作《东方西方》，是俄罗斯与法国合拍的，大致是一对青年夫妇受苏维埃政权欺骗从法国回来，真心诚意地想参加苏联建设，男的是苏联科学家，女的是美丽的法国女子。但是一切都糟透了：住进一间斗室，一直有人监视，邻居的一位老太太只因与女的交谈了几句法语，第二天便被拘捕。老太太的孙子、运动健将谢辽沙被扫地出门，善良的夫妇收留了他，本来就小的房子更加逼仄，青年夜夜听见夫妇在低声吵架，女的强烈要求回法国，男的坚持认为一切会变好。而青年因为家庭原因被取消了参加奥运会的资格，各种悲愤交织一处，法国女子与青年产生了真爱，他们决定逃离这个国家——在两人只能走一人的前提下，女子贡献出自己全部的首饰让青年走，而当青年必须游过黑海才能找到蛇头的小船时，电影的蒙太奇一面表现女子与丈夫在歌剧院听音乐会焦灼不安的表情，另一面是青年拼尽全力在与巨浪搏斗！——影片把人带入了那种不自由勿宁死的境界！终于，青年逃出后用割腕来引起法方注意要求迅速帮助女子逃回法国，而这时意料之外的事发生了：原来一直与她龃龉的丈夫是深爱着她的！他递给她一本办好的护照，让她如此这般逃往法国使馆，夫妻含泪诀别，而女子逃向使馆的时候，她的衣着暴露了秘密，苏联军人狂追，这时电影院全体观影者都疯了！！站了起来，快啊快啊！终于，就在最后一刹那她带着孩子跑进了使馆，使馆的大门向着苏联军人关上了！——我的眼泪夺眶而出，怎么也止不住——旁边一个年轻小伙子不断地给我递纸巾，我却连看也没看他一眼——直到影片最后的那句旁白：直到戈尔巴乔夫时代，他们夫妇才重聚，但是，他们的一生已经过去了——我泪如泉涌，无法自抑——这部片子触动了我内心最深处的秘密。当时，全体起立鼓掌，长达三分钟。

一部好电影，真的可以给观者带来最高的享受。

近年来中国电影在国外声誉鹊起，频频获奖，可恰恰缺少这种揭示人性本身的片子，并且随着电影市场化的发展，这种可能性也将越来越小了。

曾经尝试着写过一次这类的片子，叫作《弧光》。是根据自己的小说《对一个精神病患者的调查》改编的，写一个被世俗社会认为疯了的女孩子。后被一位第五代导演看中，推上了银幕。自小便觉得拍电影神秘，总想看看拍摄过程。开机那天在密云水库。三九天，水面结了很厚的冰。拍的是影片的最后一个镜头：人声鼎沸的冰场。男主人公的目光追逐着女主人公，而寻觅到的却是一个外形酷似女主人公的女孩。为了增加声势，用卡车拉来了许多群众演员，每人劳务费只有两块钱，但大家兴高采烈，可能都和我一样想满足一下好奇心吧。那天是航拍。当直升机降到不能再低时，卷起一阵大风，呼啦啦倒了一片彩色遮阳棚，大家一片惊呼。所以后来镜头中的那些遮阳棚实际都是趴着的，只不过因为俯视角度看不出来而已。旁边一位老头哼唧着说：第五代真能折腾，连航拍都敢玩！待到毛片出来之后，和导演一起看片子，直到结束，心中还在不断地怀疑：这是不是我写的那个《弧光》？然后想起陈凯歌让原作者、编剧阿城看《孩子王》时阿城的回答，他说：我拉的屎我就不看了。

两年之后在报纸上看到《弧光》获第十六届莫斯科电影节特别奖的消息，终于明白了电影是导演的艺术。要想触电就得练到把亲生儿子送人也不心疼的份儿上才行，更确切点说，是卖。既然舍得卖，那么无论儿子将来披红挂彩还是蓬头垢面都与你无关，你也就不必庸人自扰了。

但是最令人震撼的事还在后面：多年之后，有一次在电视上看见对王志文的一个专访，他竟然谈到了《弧光》。当记者问到他的成长历程时，他说："多年以前，一部叫作《弧光》的电影，对我刺激很大，当时我还在上电影学院，张军钊导演定我当男一号，可是一周之后突然换掉了我，理由是，我不会演电影。就是这件事，让我下了决心，无论如何要当一个好演员！"——这访谈真的让我心生感慨：当年那个开机的冰面上，确实有个叫王志文的年轻小伙子在滑花样儿，听到编剧来了，他飞也似的来到我的面前，与我热烈握手。

九、看电视

尼克松访华之后不久，伯父家有了一台九寸黑白电视机。大家希罕得了不得。但终归太远，不得常常看。后来邻家买了一台同样的，侄儿轩轩便天天去。逢年过节或有好节目的时候，好友玲玲也过来叫我。忘了是哪一年国庆招待会了，左邻右舍几家人都来看电视，众人坐得满满的，唯轩轩贴在电视前，一个大脑袋占了半张屏幕，后面的人屡屡抗议均无效，只好随着那晃来晃去的大脑袋来回拧脖子。玲玲的母亲看不下去，说了几句，谁知五岁的轩轩忽然站起，很有尊严地说：有什么了不起，我不看了，我姥爷会给我买的！说罢起身便走。自那日后还真是再没去过。

为了外孙的这几句话父亲下决心买电视。终于买到一台十四寸黑白电视。四百多块钱。其中有我十分之一的投资。其时已是公元一九八零年。

轩轩自然很满足，起码每天可以看到吕大渝、李娟、赵忠祥等人的头像。但是很快又有了新矛盾：轩轩要看《铁臂阿童木》，弟弟要看足球，而我和母亲想看文艺节目。

父亲临终前的那些日子特别爱看电视，且不管看什么都要流泪。父亲大概把一生的眼泪都留在那时了，所以他看电视时一定要关灯。记得那时正在播出万人空巷的香港电视连续剧《霍元甲》。每当响起"昏睡百年，国人渐已醒……"的主题歌，大家便都丢了手中的事，聚到父亲房中。

后来有了儿子之后，电视成为儿子的专利，每天每天，都有一个优美的动画故事在等着他。而每一个故事都有一首优美的歌曲。《蓝精灵》《大白鲸》《花仙子》《玛亚》《咪咪流浪记》……渐渐地，我也被吸引到屏幕前，这才发现安徒生童话的时代早已逝去。我比儿子更早地学会那些歌曲，捏着嗓子装孙佳星，到了可以乱真的水平。

最吸引我的一部电视剧叫作《鹰冠庄园》。不仅有美丽的时装、美丽的明星，更有充满悬念、出人意料的情节，智慧与幽默，阴谋与爱情。每天我都在盼着片头音乐响起——然后不顾一切地冲出厨房坐在电视机前。后来知道这不过是美国的一部开放式结尾的肥皂剧，已拍了一百多集，还在继续拍。奇怪的是正面人物蔡斯一家远不如那些"坏蛋"有光彩。老谋深算的安琪，厚颜无耻的兰斯，美女蛇梅丽莎……尤其是恶的集大成者理查·钱宁极具魅力，我疑心编导们写着写着也改变了初衷，最后被恶的魅力所征服。那时我便萌生一念：搞一部中国的《鹰冠庄园》！为了这个梦想我开始涉足电视剧，也就是在这以后不久的一个晚上，我散步的时候，看到一个摄制组在首都妇产医院门口拍摄一个镜头：一个年轻女人一脸绝望地缓缓走来。那是个陌生的演员，高而秀丽。就那么一个镜头，竟然重来多次。我忍不住问剧组的一位男士，答曰：此剧名《渴望》，编剧李晓明。

《渴望》带来的冲击是巨大的，但其中包含了天时地利人和，加上接踵而来的《编辑部的故事》，北京电视中心就此奠定了在老百姓心中的位置。中国电视剧中心不甘示弱，下决心打翻身仗，全体编辑出动，网罗了一批作家献计献策，我也算是滥竽充数者。

我进入影视圈的前提条件是一部叫作《海火》的长篇小说。此书写于1987年，出版于1988年底。出版周期已经长得吓人，而出书后又恰逢一个特殊时期，所以很是时乖运蹇。好在里面塑造了一个据说可以超越时空的女孩。于是该书在1991年青创会上被中国电视剧中心的一位编辑看中，计划改编为八集电视连续剧。谁知一稿出来之后便引起一场争议，就连爬格子友邦也惊诧：此书在文学界亦属前卫者流，改成电视剧恐怕有两种结果：一是费力不讨好，二是会引起一场电视剧革命。前一种结果令人灰心，后一种结果又让人害怕，真真不知如何是好。

港台电视剧的走红着实令人不解。《流氓大亨》《人在边缘》《义不容情》三部内容情节等等相似处甚多，都是老大好得像菩萨，老二头顶生疮，脚底流脓地坏。尽管如此，人们还是从头看到尾，一集不落。真是奇怪。过去我坚决排斥武侠小说与港台电视，后来终于发现这其实是个误区。譬如《戏说乾隆》，谁都知道是胡编乱扯，可大家就是喜欢看。说深了，这恐怕和人类的自欺意识有关。劳累一天，谁都想脱离眼前的环境，钻到另一个与现实甚远的世界里，踏踏实实地被骗。

《爱你没商量》和《皇城根儿》使老百姓对电视剧的狂热降温了。时代似乎呼唤着真正的精品——百姓们的口味越来越难伺候。于是我满怀激情地开始圆"庄园之梦"，首先就此问题与一资深电视人进行探讨，他的回答出乎我意料：中国不可能搞出自己的《鹰冠庄园》。问何以见得，答曰：很简单，因为中国没有庄园。

呜呼！这真是太好笑了！有这样的电视人把持，何以圆梦?!

但时常有疑问：如果没有幼儿，哪来的成人？没有梦想，人类又如何会有今天？关键是，要有敢于第一个吃螃蟹的勇士，可惜我没有这种魄力，所以也只好把自己包裹起来，等着别人给螃蟹摘去钳子再说罢。

对于国人的原创性，我曾经绝望。我们根本不尊重原创，导致有些领域（影视界为最）潜意识中认为投机取巧地复制是聪明的做法，原创在他们眼中应当是相反。我们的综艺节目也无一不是复制国外的模板。用最短的时间赚到最多的钱，大约是大多数中国人的最高理想了，怎么能把时间浪费在创造的冥思苦想中呢？所以创造性、想象力对国人来说，似乎非常的不重要。不然，以这个民族的聪明智慧，怎么也不可能连一个世界级原创性的奖也得不到。

然而，我现在又有了希望，在更年轻一代人的身上看到了新的希望，在一个算法的时代，我看到有更多的靛蓝儿童在诞生，年轻人正在 AI（人工智能）不可及的夹缝中，捍卫人类最后的尊严。

控制论的鼻祖维纳曾经说过，未来，电脑几乎会在一切领域中代替人脑，但唯独那种创造性的思维，那种模糊的指令，那种混沌的不可言说的暗线是无法代替的，那正是一种高级的创造性思维，ChatGPT（聊天程序）不可能完全代替人脑，当然，我们也要定期清理大脑中那些灰白色物质，把所有的潜能用于创造，到我们离开这个世界的时候，不至于留下任何遗憾。

二、英伦十二日

英伦十二日

2016 年 4 月 9 日

闹钟上到七点，六点半就醒了。最后收拾了一下，九点去机场，十一点半登机。

英航的机餐好极了：一大块烘焙三文鱼，微辣的酱，奶油甜点，粗粮饼干，还有红酒和冰激凌，服务甚佳。总之，比加航的头等舱都好，下次有可能还坐英航。

十一个小时到伦敦。T 先生来接我。奇怪的是英国网络覆盖与很多国家不同，一般是你只要开通漫游，舍得花钱便畅通无阻，而英国，即使你用的是苹果 6S，打开 4G，照样杳无音讯。

还好顺利与 T 先生会面。T 先生是英国巴来斯蒂亚出版社的社长。早年他攻读天体物理，是物理学博士，果然与文科出身的人的作风大相径庭。他安排的酒店是 Novotel，一家连锁酒店，与 Best Western 档次差不多。此时已是北京时间凌晨两点，伦敦的风非常凉，寒冷困顿。T 先生问我想吃什么，我说只想喝一点点热汤。侍者十分热情，说按我们的要求来做，果然是两盘热腾腾的土豆泥汤，漂浮着几粒炸面包丁。外面寒风呼啸，很多人还穿着羽绒服。室内却很暖，我穿着薄毛衣，T先生却只穿一件蓝色衬衫。他告诉我，我的翻译Nicky已经在等着我，明天下午请我吃下午茶。关于如何宣传书的事他只字未提，谢天谢地。

2016年4月10日（周日）

早上睡到当地时间九点多。昨夜醒了两次，吃了很厉害的药才睡着。我的失眠症愈演愈烈，真不知怎么办。

酒店的早餐还算丰盛。英国人果然比美国人细致多了。要问房间号，还要查住房记录，当然，态度十分绅士。

T先生十二点来接，去大英博物馆。坐地铁，英国的地铁是用颜色来区分线路的，紫色灰色红色褐色蓝色。与我居住的Wembley Park连接最紧的是灰色线Jubilee Line。英式地铁内外都很干净，乘客井然有序。每个坐着的人手中都拿着一本书或者一份报纸，阅读。细细观察一下，没有一个拿手机的。哦，只有一个——我。而我看手机也纯属假模假式的习惯性动作，因为我只能看到已经打开的微信，地铁上没有信号。但是英国地铁显然比美国地铁有序得多。美国纽约地铁脏、乱、有涂鸦，从不报站名。而英国地铁有一条永远发亮的小屏幕不断闪过"next"（下一站）的站名，让人头脑清晰。

说实话，大英博物馆并没有给我多大惊喜，总体格局比起大都会博物馆来还是差了一些。埃及的墓葬与神像比较多，因为去过埃及，所以也并无惊艳之感——倒是有一尊塑像引起了我极大的兴趣，青铜色，但非青铜，表面枯涩多棱，似被石材包浆，而整个的造型，像是连在一起的两个 W，一条弯曲的蛇，两边昂起的蛇头，血红的眼珠，愤怒紧张的姿态，玛雅文化的气质——天哪！这不是羽蛇吗?！我立即把 T 先生叫过来，经他辨认英文说明：果然是羽蛇！是远古时期亚洲太平洋地区最高的阴性神灵羽蛇！这大约是我参观大英博物馆最大的收获了！——可是，为什么这个羽蛇形象竟是双头蛇呢？难道它同时也是希腊神话中的双头蛇，可以向任一方向前进？

中午，我请 T 先生吃饭，西方人午餐简单，晚餐隆重。几个吃饭的地方我让他选，他只点了英国最日常的煎鱼配炸薯条，搭了一款番茄汤。英国饭真够简单也真够难吃的，后来我才知道，他们翻来覆去就那几样，简直乏善可陈。所以中国人来此，无一不是"胃比心爱国"。

但话说回来，一个不注重吃的民族，却是真心诚意地拥抱着精神世界：他们无比热爱阅读，无比尊重书与写书的人，从他们的行为方式与眼神交流中，能清楚地看到另一种思维方式与价值观。

下午五点，去 Nicky 在伦敦的家，非常漂亮的房子，有一点黑色的哥特风。Nicky 准备了丰富的果品和茶。年轻的女作家颜歌也在这儿，她嫁给了一个爱尔兰人，她笑说她好久没和讲国语的人交流，快得抑郁症了——爱尔兰那里比伦敦还冷。寒冷、黑暗，真是抑郁的根源。想起访北欧五国时的道听途说——三季寒冷，一季白夜，难怪抑郁症人那么多，最近的微信群中传出世界最宜居城市，北欧俨然排在最前列，显然微信的制造者还并不真正了解北欧。

晚上，我和 T 先生到中国城吃饭。我的眼睛瞟向那些海参鲍鱼，手却指向最便宜的滑牛汤面。滑牛汤面做得也并不好吃，但起码是热乎乎的，能抵御一下外面肆虐的狂风。

2016 年 4 月 11 日

National Gallery——伦敦国家美术馆,是我流连忘返的殿堂级美术馆!

万万没想到,那么多我热爱的画家真迹竟藏匿于此!T 先生看了一会儿就走了——书展明天开幕,他要布展。而我早已养成独自观展的习惯。独自观展,体悟会更多。从中世纪到现当代,画作极其丰富。最有趣的,是我用自己衰退的视觉记忆和脑洞中所剩无几的英文单词辨别出我心仪的画家时,其内心简直不是激动竟是狂喜了!譬如透纳,譬如康斯太勃,譬如委拉斯开兹,最费思量的是一幅似曾相识的名画,放在修拉(点彩派代表画家)旁边,拼那个英文名字,却怎么也想不起他是谁。Camille Pissarro 是谁呢?我转了一圈又回到画作前,突然灵光一闪——毕沙罗!绝对是毕沙罗!哈哈,就是那位被骄傲的高更称为老师、点彩派的鼻祖毕沙罗!

出乎意料地,还看到了伊丽莎白·勒布伦夫人的自画像。勒布伦是我在国家开放大学讲西方美术史时选入的女画家,她的那一讲叫作《美丽与哀愁》,这位货真价实的美女的一生就是一部悬念迭出、步步心惊的大片!——她是真的美,是那种丰若有肌,柔弱无骨,"唇不点而含丹,眉不画而横翠"的天然女性美,近看她的画作,竟然连眼窝处的淡青色毛细血管也是如此清晰!

心情愉快地在美术馆的小餐厅用了午餐,三文鱼三明治和一杯橙汁,三文鱼很多,里面还夹了番茄和绿叶青菜。

心情愉快便一切都好。

2016 年 4 月 12 日（周二）

今天书展开幕，但 T 先生大发慈悲，允许 XL 上午陪我去看白金汉宫的每日皇家卫队操练。对此我怀有强烈长久的好奇心。早在小时候五六岁没上学时，便在电影《三剑客》中听到了白金汉宫这个名称，一直觉得神圣不可侵犯。如今终于近在眼前，觉得与其他欧洲国家的皇宫差不多，没什么特别出彩的。不一样的便是皇家卫队的每日晨练。他们是分批出来的，第一批是戴白色高帽的，红衣白裤，高头大马。第二批每人一顶高高的黑色栽绒帽，身着红色戎装，黑色长裤，这一批人数最多，随着音乐的节奏踏步前行。第三批是乐手，吹着长号出来，更有一种庄严中略带谐谑的欢乐色彩。观者如山。警察一直在维持秩序。警察表情庄重而温和，其帅其酷可以做好莱坞一线明星。最令人印象深刻的是那些身材高大的女骑警，每当换场的时候，她们就会在场地中转来转去，威风凛凛。

伦敦的中国人非常少，因此我们似乎特别醒目，还有人专门过来问："Where are you from？"（你来自哪里？）

XL 拿着她的高档相机转来转去，不时拍上一张，她是 T 先生的雇员，"八零后"。涂了粉底和画了深黑色的眼线，眼角处如戏装般用黑眼线挑起来，平时沉默寡言无表情，但笑点很低，一旦笑了，脸便生动起来，她会很用力地笑，因为弱，好像是陡然间用了全身的力气。她说，她好像很久没这么笑过了，几乎我每说一句话她都会笑，北京人谁不会说几句俏皮话儿？可这位新加坡出生的姑娘好像是头一回听。她的性子好慢啊，就连极慢性极耐心的 T 先生也抱怨说 XL 的慢性子让他受不了。有点像《疯狂动物城》中的树懒，虽慢得可怕让人急得吐血，却也依然善良可爱。

XL是昨晚赶来的。她说，她的房间号是824，我记在了手机备忘录中。晚饭时我电话她，想约她一起吃饭，电话里却是奇怪的声音。我决定去找她。8层空无一人，暮色笼罩中，我听着自己空蒙的脚步声，发现824根本不存在。823之后就是829，再没有中间的数字了。想不明白为什么连一先令都算得很精的伦敦人却放弃了这一串数字？长长的走廊里映着我的影子，恐惧袭来，突然觉得这一切十分吊诡，似乎走入了一个悬疑惊悚的影片之中。

下了楼，暗淡的灯光中嵌着XL疲弱的影子，她在餐厅喝一杯柠檬水。"我说的是823呀徐老师"，她如往常那般用力笑着，我迷惑了。

当晚回到房间，看到手机备忘录中一条：XL住824。

是她说错了，还是另有玄机？不得而知。

2016年4月13日

今天换了两次地铁，来到书展。

最关心的当然是中国出版集团的展位——最上方是"感知中国"，白底红字，下面赫然挂着汤显祖和莎士比亚两位先贤的巨幅画像。东西方两位戏剧大咖的头像一摆，颇显得高大上。昨日开幕式，中国出版集团曾经召开规模很大的发布会，可惜我未能恭逢其盛，惜哉！

下午四时四十五分是我新版英文书的发布会，有我一个演讲。T先生和Nicky都说，因为下午五点钟有个大活动，希望我能够用演讲把读者抓住。因为T先生行动太晚，书展的英方活动已经排满，所以能争取到一个 Conference（发布会）已经很不容易了。

临时找到一位年轻的女翻译米雪儿，非常不错。我大致讲了下自己的写作。回忆了一下 1996 年第一次到海外讲女性文学，正好是 20年！那一次是美国杨百翰大学邀请，紧接着邻居科罗拉多大学邀请，然后是宾夕法尼亚州立大学、马里兰大学，我讲的题目是"中国女性文学的呼喊与细语"。科大是葛浩文发的邀请。在与老葛的谈话中，发现东西方文学真的存在一条深深的鸿沟！而填补这条鸿沟的只有翻译，我讲到我去世的老翻译 John 和这次翻译我英文版的 Nicky。最后引用了获诺奖的英国作家威廉·高登的一段话："'无论你给一个女人什么，你都会得到她更多的回报，你给她一个精子，她给你一个孩子，你给她一个房子，她给你一个家，你给她一堆食材，她给你一顿美餐，你给她一个微笑，她给你整个的心！'——如果是这样，希望你们给我信任，你们会发现我的书给予读者的是十二万分的诚意！"

可能是最后这段话给了点力，所有在座的都留下来了。读者们纷纷购书，有两位印度读者印象深刻，他们的打扮像是印度的瑜珈行者，其中一位对我说，喜欢我的声音，像唱歌一样；另一位说，我说话像念诗，尽管不懂汉语，但似乎能听得懂我的意思。这当然令我开心，谁不喜欢赞扬？他俩说了又说，万分真诚，以至于耽误了不少签名的时间。等他们走了好久，T 先生和 Nicky 才反应过来："为什么不和他们谈谈印度语的版权呢?！"

但在此时，版权的事已在我脑中弱化，甚至连自己的书也顾不上了——因为我忽然发现了一个展位，犹如在一片海洋中突然发现了一座美丽的岛屿，一个叫作 Art gifts press 的展位展出的书，简直就是我眼中的视觉盛宴，只能在神界中才能看到的绚烂华美，蓦然出现于凡间，其震撼程度之大，简直非语言可以形容。我痴迷其中无法自拔。良久，态度决绝地对那个站在柜台前的女孩说，我要买这几本画册，那个女孩生得十分美丽，与那些华丽的书十分谐调，大眼睛和自然卷曲的长睫毛，脸色有些苍白，一脸倦容，又披着朴素的紫色头巾，看上去像个伊斯兰女孩，一问，却是道地的英国人。她用疲惫的微笑面对我的热情，"明天才可以卖。"她说。

我继续翻阅，恋恋不舍。总觉得周围有双眼睛藏在隐秘处，终于一个声音很近地响起："嗨，你好。"

怔了半晌，不是认不出，是惊奇。情境立即闪回到2011年中国作家团赴澳参加论坛，每位作家要朗诵一段自己的小说，译文打在屏幕上，我朗诵完《羽蛇》的一小节回到座位上时，有一位长发、身着疑似麝皮装的先生在一旁把手伸过来："认识一下吧，我叫Jason。"

是比较地道的普通话，在澳大利亚那样的地方，实属难得。暗淡的灯光下，我判断不出他那身松垮服装是麝皮拼接还是丐帮服，但是对于长发披肩的中老年男子，或许是多年来的误读吧，我例来不想多言。

他倒是滔滔不绝，讲了什么我都忘了，但是在2013年澳方回访时再次见到他，却是一个颇不愉快的回忆。当时正巧是库切主持的第一场，由我与澳方作家卡斯特罗先生对话，对谈下来在休息室里，澳方的周思正向库切介绍我，忽然之间Jason插了进来，对周围的人说："我觉得她的脸很有特点。"说这话的同时竟然毫不经意地点了一下我的腮帮子！——除了疯子之外我不知道还有什么人能做出这样无礼的动作！我又惊又怒，运用半日内功才没发作，幸好他动作飞快，没有太多人注意到这个细节，但我仍怒火难耐，与库切客气了几句就走了，再没露面，此次伦敦书展上见，十分意外。

他说，想和我谈谈我的作品。我说，不好意思，我还想转转其他的展位。

晚上T先生请客，吃的波斯饭，我要的烤羊肉和黄米饭，他们要的烤鸡肉和面条。回宾馆后，没来得及洗一头栽到床上就睡着了。天哪，这可是十年来第一次没有吃药的睡眠，有里程碑式的意义！

2016 年 4 月 14 日（周四）

今天当然还要去书展，即使仅仅为了那几本美丽的画册也得去！

刚到展会，Nicky 便过来把我领走了，说是一位 L 先生请吃午餐——所谓午餐，原来就是三明治加饮料，看他们吃得津津有味，我却觉得难以下咽，只好与身边的 Helen 说话——她正是曹文轩《青铜葵花》的翻译。Helen 的中文发音非常标准，人也生得可爱可亲。她的翻译，被公认为会为原作添彩。

我和她 Helen 聊得投机，早已忘了 T 先生的嘱咐（让 L 了解我的写作情况），直到下午三点，Nicky 要回她郊外的家，聊天才结束。

我火速奔向那个神话般的展位，还好，那个美丽而疲惫的女孩还在，她微笑着指了指她身边的一摞画册——哦，原来她竟已把我喜欢的几本画册都记下来了！大喜，赞颂了一遍她的美貌，掏出准备好的英镑拍给了她，旁边那个大概是她的老板，四周的英国人似乎对我的付款方式瞠目结舌，他们是几个先令也要精心算计的。买东西时的迟疑，完全可与《疯狂动物城》中的树懒媲美！而貌似大款的我，其实是倾囊而出。有些深爱之物，若遇见，是不必犹豫的。

且那些价位每册 20 英镑的画册如换算成人民币需要几何级数的增长，因此，非常值。特别是其中一个日记本——简直就是美神的馈赠：每一页都有奇妙的画，女人的装束颇似西亚北非女子，色彩极为丰饶艳丽，大红大绿配在一起，饰以金银箔，不但不难看，反而有一种极度的奢靡与华丽，这简直就是我正在绘制的全彩绘本的理想模板！

2016 年 4 月 15 日

　　书展结束，与 T 先生一起去了 Nicky 介绍的那个文化中心：Shouth Bank Centre。全天都在下雨，伦敦的天气真是糟透了，T 先生一直很绅士地为我撑着伞。很可惜，美术馆关门装修，艺术活动中心有一年轻人在演奏吉他，台下观众不少。

　　冒雨去看了 Big Ben、泰晤士河……一切都笼罩在茫茫雨雾之中，但这样的味道，似乎更像想象中的伦敦。历经百年的大本钟，每一砖每一石都古旧得呈现出低调奢华。泰晤士河似乎本就是那一条灰色河流，如同人生一般，浑浑噩噩，每一个人不过是河流中的一粒灰色水分子——这才是伦敦的原色！

　　艺术中心周围摆了各国美食摊位，为了怕 T 先生再点那些可怕的三明治，我冲进雨雾中点了两份墨西哥玉米饼，现烙的，又热又香，且旁边有奶油拌的鹰嘴豆。T 先生似乎受我感染，也出去买了一大份咖喱鸡饭，当然，需要对商家说：No spicy, No cheese（不加辣，不加奶油）。

　　雨天适合聊天。一向不爱多言的 T 先生谈起了一些往事。他说在中国工作过两年，与郭沫若的小儿子郭汉英曾经是同事。郭汉英人非常聪明，但是很受打压，郭虽与他走得很近，但却从不提家里的事，T 也不问。我立即想起若干年前我曾经与郭平英（郭沫若之女）一起开过几天会，受好奇心驱使，很想了解她的哥哥——在“文革”中去世的郭世英，然而她却讳莫如深，且对哥哥之死十分淡漠。

　　T 先生对中国社会的“汰优”印象颇为深刻。

2016 年 4 月 16 日

今天没有安排任何事，躺在床上读刘仲敬的《民国纪事本末》。直到午餐时，突然想慰劳一下自己，想到附近找个中餐馆，谁知刚出去就被寒风刮回来了。四月中旬的北京天气早已回暖，花开，春意盎然，这里却是凄风苦雨，难怪英国人那么爱谈天气。一些上了年纪的人在寒风中瑟瑟发抖，鼻头冻得通红，突发奇想：难怪很多英国人的鼻头都是红的，原来是冻的呀呵呵。只好选择我最不爱吃的简餐：牛肉汉堡。5.5 镑，中间夹了那么大一块牛肉，边嚼边想，英国人那么优雅，为什么在食物方面如此粗糙呢？

没嚼完那块牛肉就接到大堂电话，说是有人找我。

坐在大堂椅子上等我的竟然是 Jason。

第一个念头便是：快点把他打发走，但是几句话之后，话密了起来，竟然聊了数小时之久。

他第一句话说的是："我想谈谈你的小说。"原来，他早在八十年代便读过我的小说，与很多人不同，最初打动他的一篇小说是 1983 年我在《收获》上发的《河两岸是生命之树》。他说他当时还在大学，七八届，是学校年龄最大的学生，读到这篇小说，他落泪了。

"作者名字明明是个男的，可那种细腻的程度，我想应当是个女作家。"他说，"而且，河两岸是生命之树，是《圣经》里的一句话，后面是'月月结果，其叶可治万邦之疾'，那个时代居然有人引用《圣经》，也吓了我一跳。那个时代都习惯煽情，可是这篇东西隐忍不发，反而触到读者的泪点。"

然后他谈起《对一个精神病患者的调查》《迷幻花园》《银盾》《蓝毗尼城》《蜂后》《美术馆》《双鱼星座》《缅甸玉》《玄机之死》《末日的阳光》……他的话很密，密不透风。我承认我完全被惊住了：首先是我的每一篇小说他都看过，且记得比我还清楚……

　　"《海火》其实是你非常重要的一本书，"他严肃地说，"我甚至认为这是中国文学史当中漏掉的一部重要的书。在这本书的写法上，你是中国作家里第一个用了魔幻现实主义的手法，而且还特别自然。可惜……"

　　"可惜什么？"

　　"可惜你这个87年的长篇，89年才发表。不过我还是注意到有个人为你写了一篇评论，评价很高，好像姓林吧。"

　　他竟然还记得林为进？——林为进是过去作协创研部的，已经故去多年。

　　"人家不是为我写的评论，是个大评论，里面有一段提到《海火》。"

　　"你的文运不怎么好。"

　　"不光文运，我所有的运气都不好。"我笑。

　　"可是那一阶段的文字，实在像是如有神助，我看过有的男作家说上帝握住他的手在写，我没这感觉，我倒觉得，那时上帝握的是你的手。"

　　"谢谢。唉，就算是天使长握住我的手吧，我可不想和别人争上帝的手。"

　　"不对，不是上帝就是魔鬼，你这人跟天使没什么关系！"

　　哦？我心里紧了一下，神情专注起来了。

　　"《末日的阳光》，我反复看了两遍半，那些才华横溢的长句式，很让人妒忌！是的，很让人妒忌！！"

　　"您过奖了。"我摸不清他的来历，只好客气地敷衍。

"不过在那篇小说里，我也发现了你一个秘密……"

"什么？"

"……这个，以后有机会再谈吧。"他换了个姿势，眼睛越过我，看着我身后的墙壁，"到《羽蛇》，我惊了，但是糟糕的是，《羽蛇》太复杂了，翻成英文，味道都没有了，那些象征、隐喻，那些复调叙事、时空错位，都没了，很吃亏。《羽蛇》如果翻译好，不会次于西方的经典小说。……我是说真的。我在想，如果西方翻译家像中国翻译家那么优秀就好了。中国很多翻译家翻的西方作品，太优秀了！譬如桂裕芳翻的莫里亚克那个《爱的荒漠》，那种句子，真是给原作增色啊！"

"是，我也这么想。"

"可是你的问题在于，你太爱求变了。当然变化是好的，可是一个成熟的作家，风格固定下来就最好别变来变去了，你变得太厉害了，《羽蛇》之后的《德龄公主》《炼狱之花》，都不像是一个人写的……对不起，我这么说，你不会介意吧？"

"当然不会。我最近很想听真话。"

"可能你有你的道理，但是在我看来，《炼狱之花》顶多显示了你的想象力，那种东西，可以改成一个蒂姆·波顿式的动画片。当然，你也有你的意思在里面。但是总觉得那不是你。"

"唉，我也觉得。我让我早期的一些读者挺失望的，每换一种风格，就会流失一批读者，但是怎么办呢，我这人就是兴趣一会儿一变。"

"还很任性。"他喝了一大口咖啡。他要了一杯美式咖啡，我要了一杯热水。

"我想你那时候可能遇到了什么危机，觉得自己在改变，可是又无法控制这种改变。这种改变让你很痛苦。而且你最担心的是：一旦越界，就回不来了。对不对？"

我心里暗暗称奇，嘴上却淡淡地说："其实也不是什么危机啊。就是发现社会游戏规则变了，自己没法适应。"

"我想你自己是有个秘密世界的，你一直活在那个秘密世界里。"

我觉得谈话越来越有意思了。

"恕我直言，对于《德龄公主》那类东西，我是没什么兴趣看的。可以看出《红楼梦》对你的影响很深，那些文字很有《红楼梦》的味道，但那又能说明什么呢？过去我曾经很喜欢一个中国作家的书，但是后来发现他有一章是仿《金瓶梅》的，就觉得别扭了。当然我不是说你仿《红楼梦》，你有几套笔墨，其中一套就很有《红楼梦》的味道，有些东西是浸淫在你骨子里面的。"

"张爱玲有些东西也是《红楼梦》的味道啊。《金锁记》，还不明显吗？"

"不要跟我提张爱玲。"他突然放下咖啡杯，"她的东西……明显被高估了。"

"您要是读过她的《赤地之恋》就不会这么说了。"我暗想这人的审美似乎有些霸道，忍不住为自己辩解，"其实我选择哪种写法，是按照题材决定的啊。譬如《德龄公主》是晚清的故事，如果再按照《羽蛇》的写法写，是不是不合适呢？再说，那个小说的核还是有些别的意思的。"

"这我当然看得出来！所有人都看得出来嘛！小说从头到尾在讨论中国的去向问题，君主制、君主立宪制、共和制……这还有什么看不出来的吗?！"

我发现此人自尊心极强，还极敏感。

"还有那个《天鹅》还不如不写，对不起，我又说实话了。"他好像一腔怒气，"那种写法也太迎合读者，降低你自己了！"

"《天鹅》那个，我有我的苦衷。"我突然想起"人若倒霉放屁都砸脚后跟"这句话，这句话用在《天鹅》身上，真是再恰当不过了——谁能相信，发表出来的《天鹅》并非我最后的定稿?!

"只有那些独立单元页写得精彩！可惜太少！我挑出来一气读下去，又找回了过去那个女作家！那还是你！……如果不是那些小段，我觉得连跟你谈小说都多余！"虽然他后边说了数个 sorry（对不起），依然无法掩盖他那种上帝派他来审判全世界的派头，这种感觉让我很不舒服。出于客气礼貌还有好奇心，我依然扮演着宽宏大度的角色。

"当然，我承认你思想非常前卫，即使是在《天鹅》里面，你为了证明灵魂的存在，还引入了最先进的超弦理论，"他诡异地一笑，"《天鹅》的写法，让我觉得你想走极简主义的路，但是我怎么觉得更喜欢你那些华丽的、不可思议的小说呢?!……你知道吗? 你跟别人最不一样的地方，是别人基本都是外部叙事，而你，是从内向外生发的。别人是讲故事。你的作品都是有思想性的。这一点，好像批评家们都没怎么提到过。我看过很多评论你的文章，总是说你如何神秘、唯美、诡谲，根本没提思想性……这其实等于什么都没说。"他又要了一杯咖啡，问我要什么，我说我只喝热水。

"如果我没有猜错，你可能很喜欢哲学。"他这次在咖啡里加了点黄糖。

"年轻时候，确实有一阵儿很喜欢读。"我依稀想起 80 年代末 90 年代初时，有朋友向我力荐了一大堆本雅明、卢卡奇、马克斯·韦伯、海德格尔等人的作品，但是我最着迷的，还是心理学家荣格的理论，譬如有关他的阿尼玛与阿尼姆斯原型的论述。

"你涉猎很广，有很多优势，我想不透你为什么不红，唯一的可能就是得罪人了，你还不知道。当然，也有可能你是故意设的局，想保持神秘感。对吗? "他自问自答，"对，看过你不少访谈，你好像都是这个意思。你好像很推崇那个狄妃奥，对不起，在你提到她之前我没有听说过这个人。"

"……您……您是做出版工作的？"我突然觉得，他对我的了解有点过分了。说实话在这之前我一直以为他是那种喜欢赶场的文艺中老年，好像世界各地都有这种人，有钱又有闲。

"我嘛，我大学其实学的是物理专业，后来到国外改学IT。对文学感兴趣而已。"

"那巧了，我这次出版社社长也是学物理的，要不要把他介绍给你，你们可能有共同语言。"

他根本没理我这茬儿，"我最崇拜的人是霍金。你为什么不去剑桥看看呢？也许会偶遇霍金呢！"他笑了，谈话中第一次笑。

我兴奋起来："哦我也特别特别喜欢他！是看了电影《万物理论》之后，哦那个电影我看了三遍！太喜欢霍金了！……"

"当然，我也研究我喜欢的作家。……其实中国作家里我只研究两个人。……另一个是个台湾作家。我研究了很长时间。现在我对他抱有很大希望。"

"对我不抱希望了？"我貌似玩笑。

他没有正面回答。"你2006年发的那个中篇《别人》，还在你过去的水准之上。但是在这之间或者之后，你个人的生活肯定发生了什么大的变化，你后面的一些短篇里，开始有了一种恶意。那是你原来作品里没有的，你过去的作品虽然有些暗黑气质甚至绝望，但还是有纯真在里面的，但是自从《别人》之后不同了，你对这个世界有了一种恶意，恶意的嘲讽。这是我很不愿意看到的。"

我简直说不出话来——在那个时段，我的生活中的确发生了一些事情。

"但是还好。你的绘画天赋拯救了你。我在这边，看到Mike发的你的一些画，很喜欢，真的很好，你的画和你的文字是一致的。"

"我准备做个绘本，画一百幅画，自己写的一个童话。"

"最好是黑童话。你适合写黑童话，不要硬扭自己，你的童年经历就决定了你作品的暗黑气质，有点比亚兹莱，但又不全是。"

他第二杯咖啡已经喝完，在看表了。

"您还有事？"

"嗯。我约了人。……西方作家里我最喜欢的是卡尔维诺。"

"哟，我也是最喜欢他啊，特别是他那个乌力波……"

"还有博尔赫斯。"他再次打断我，我发现他有个坏毛病，老爱打断别人的话，并且总爱自说自话，对别人说的任何都不 Care（在意）。

"对不起，我很想知道，您关注的那位台湾作家是谁。"

"哦。他么，你可能猜不到。你读过'脸书'吗？"

"啊？！您说的是骆以军？！……我也非常喜欢他的作品，他的《西夏旅馆》获了……"

"他的有些作品，我看也是如有神助。"

"那您一定也喜欢木心……"

"我为什么要喜欢木心？……我很不喜欢他的东西……"他的脸上再次掠过突如其来的怒气，我赶紧抢着把账付了。

他给我留的名片上，只有一个他手写体的名字，还有一个邮箱。

2016 年 4 月 17 日

今天天气美妙极了。

刚刚醒来便给 T 先生发信，想去剑桥转转。T 先生马上说，十一点半来接我。

真没想到剑桥那么远，要开上两个多小时的车！

T先生在路上说，2000年时霍金与人打赌，说据他预测，天体某处有黑洞存在，那人不信，霍金说那好，赢了你赠我一年的免费《阁楼》。《阁楼》是色情杂志。结果那人输了，霍金赢得了一年免费阅读。我笑出声儿来——霍大师实在太可爱了！

　　我是在看了电影《万物理论》之后喜欢上霍金的——很早便读过《时间简史》，也见过他歪在轮椅上龇牙咧嘴的照片，当时并无什么感觉——可见影像直观对人的影响之深！我真的看了三遍，如果是我们的电影，一定会按照某种模式处理成励志片，但是这个电影，怎么说呢，它让你不能不落泪，不是为了所谓励志或者"正能量"，而是感慨于某种复杂得多的东西，也是拜小雀斑演技所赐——连霍金本人看了片子都说，有时会分不清小雀斑和自己是不是一个人。

　　小雀斑，英国演员埃迪·雷德梅恩。皮肤苍白、满脸雀斑，有一双极有表现力的大眼睛，为演霍金减重30磅，身材消瘦。《万物理论》即将上映时，还有很多人认为他想凭这部影片冲击奥斯卡根本没戏，但事实证明，小雀斑这个学霸的小宇宙一爆发，完全无人可挡！从金球奖、美国演员工会奖再到奥斯卡，成为货真价实的影帝！

　　英国演员太多学霸。憨豆先生是牛津硕士；休·格兰特毕业于牛津文学系；豪斯毕业于剑桥，艾玛·汤普森和他是同班同学；唐顿"大表哥"也来自剑桥；卷福是曼彻斯特大学毕业；连扮演赫敏的艾玛·沃特森也是"常春藤联盟"布朗大学里的女学霸啊！而小雀斑先后在伊顿公学和剑桥大学三一学院就读，上学的时候就已经在国家青年剧院表演莎翁剧，从12岁起就在伦敦西区登台演出，这样的"男神"的智商简直要把好莱坞一线男星碾成渣了。

　　《万物理论》的功德无量还在于，它的放映让霍金与前妻和好了。看到曾经的那种坚定不移的神话一般的爱情，他们有什么理由拒绝回忆呢？

坚持到剑桥，潜意识中当然有昨天那个怪人关于偶遇霍金的说法。但是很遗憾，大师前两天刚刚应小扎的邀请去了纽约。扎克伯格也是我非常喜欢的，也是始于看过电影《社交网络》之后。两位的相遇不知能演变出什么样的奇迹发生。

转了转校园，有粉红色的樱花盛开。天空像蓝宝石，牛顿窗外的那棵苹果树居然还活着，开着美丽的花……

2016 年 4 月 18 日

今天与 XL 一起去了格林尼治。

与剑桥相比另一种风格的美。整个的色调是英国水彩画那种淡淡的灰色。

灰色中偶尔会透出一抹亮色——我怀疑透纳那些风景是在这里画的。

有一只仿真巨轮静静地停泊于斯。转了几个圈儿才找到门。里面有各种小商品。XL 看中了一顶非常漂亮的小帽子，深咖与钴蓝相间，她戴上很好看，7 镑，但她舍不得买。"我要攒钱去美国读书，拿个艺术学博士。"我想帮她买了，她坚辞不让，只好请她吃中饭，牛肉面，6.5 镑一碗。很罕见的一个华人餐馆"大碗面"。大海碗，牛肉给得很多，看看旁边那位黑人同胞点的那份海鲜饭，足够三个人吃的。侍者的态度十分冷漠，和英国侍者没法比。且结账时为西方人在桌边结账，却让我们去柜台结账，掩饰不住的冷漠口气，但我心里在谅解他们——在这里生活创业一定非常非常不容易。

小博物馆里，装饰着形形色色的彩塑人物，倾斜而下，像是要倒下来似的，色彩非常绚丽。还有一面墙是各国国徽，放在一起从大到小也很漂亮。最奇怪的是挂在墙边的一幅画，画面前景是三个人，都是古装打扮。左为中国人，右为西方人，中间是个日本人。中国人把一支灵芝和一本药典放在桌上，身着和服的日本人，右手腕上缠着一条小白蛇，拿一把折扇，西方人则戴着深棕色小卷假发，手里拿一本画着解剖图的书。画的背景是熊熊燃烧的东方宫殿。背景上三组人物显然也分为中国、日本与西方。日本人皆为相扑体形，似乎在用汽油助燃火势，中国人在一边用很小的扑火用具在作无用扑救；而西方人则用最早的自动灭火设施救火。署名是"江汉司马骏写之"，并无任何关于年代的介绍。

历史上是有司马骏这个人的，是司马懿的第七子，据说早年聪慧，五岁能书写，在宗室中是最有威望的一位。少年好学，能写出自己的论述，颇有文采，同时也是一位能征善战的将领。但是没有任何记载说他会画画呀，再说，这幅画似乎旨在夸赞西方人的重视科学，反讽东方人的迷信愚钝。画风明显是仿古，百分之九十以上是赝品，但是究竟出自谁之手呢？把它放在这样一个世界标志性报时的重地，究竟意义何在？百思不解。

2016 年 4 月 19 日

今天十二点多出去转了转，刚发现附近有家希尔顿。

但是里面没有任何吸引我的东西。只买了朋友托买的巧克力，出乎意料地贵。

不禁想起 1996 年我第一次赴美，看到什么东西都新鲜，都想买，那些卖家无比善意地走过来，问你的需要，你告诉她："I'm just looking, thank you."（我只想看看，谢谢。）她就微笑着走开，即便你看了很久却什么也不买，她也会微笑着向你表示感谢。而绝不像中国的很多售货小姐那样，如同水蛭一般牢牢贴着你，嘴里不断地说着各种急于兜售的语言。

二十年，我们的经济确实腾飞了，现在看到西方什么东西也没太大兴趣，但是，怎么就像在我十八年前一部小说中男主人公说的那样呢？他说："……过去的十年把所罗门的瓶子打开了，魔鬼钻出来，就再也回不去了。经济的、物质的，都会有的，会腾飞，会赶上、超过世界上的先进国家，可是形而上的、精神的、人的一切……会一塌糊涂，这是最可怕的，这比贫困还要可怕。"不幸的是，在十八年之后的今天，这部小说中所有的预言都应验了！

中午想找个像样的餐馆，转了半天，只找到一家冒牌粤菜馆，点了个牛肉蒸饺和炸春卷，做得都不怎么样。

太阳很好，索性回到 Novotel 门前晒太阳。一边继续读刘仲敬的《民国纪事本末》。晚上，想了一下明天的演讲。对，明天的利兹大学演讲。

2016 年 4 月 20 日

今天一早 8：45 分 T 先生来接我。要赶九点半的火车。原来这火车站名便是鼎鼎大名的 King's Cross Station！——哈利·波特的九又四分之三月台就在这里！旁边，还有他的小推车呢！

我是哈迷。感谢人文社的赵萍女士，送过我全套的哈利·波特，我竟然认认真真地读完了，连"八五后"的儿子也没我这么有兴趣，可见有时真的不能从年龄来判断一个人。哈利·波特令我脑洞大开，曾经雄心勃勃地想写一部中国版的哈利·波特，但是写出来的《炼狱之花》，却连自己也无法满意。尽管我们的绳索已经松开，但写的时候，依然备感束缚，看来被捆过和没有被捆过的就是不一样。

一个名叫甲男的中国姑娘来车站接我们。她可是真正的英国通了，介入《战马》的创作，聪明过人，反应灵敏，在下午的现场翻译中表现极佳。

中午吃的中国饭——在一个叫作"Home"的餐馆，终于吃到了一次地道的中国饭。在座的有利兹大学方面的负责人弗朗西斯和莎朗。弗朗西斯的眼睛是蓝灰色的，很美，而莎朗更是个典型的英国美女。两位都是研究《聊斋志异》的专家，且都是女权主义者。饭吃了一半的时候 Nicky 赶来了，她从很远的地方赶来，穿花毛衣，戴红珊瑚项链，很漂亮。Nicky 是非常优秀的翻译，翻过不少中国小说，现正在翻贾平凹的一部作品。

下午三点开讲，下面坐了不少人，且有书店老板现场卖书。

在弗朗西斯的主持下，演讲从一开始便成为问答式，很新颖，我准备的稿子一点没用上，反而舒服。譬如一开始的问题："你为什么要写作？"就足够我讲半天的。演讲进行了两个小时，我以一首诗作为结束语，是美国女权主义诗人艾德里安娜·里奇写的：

> 我一生始终都站立在那儿
>
> 布满一组集中的笔直大道上
>
> 那是宇宙中传送最准确又是最无法破译的语言
>
> 我是一片银河的云彩
>
> 那么深奥　那么错综复杂

以至于

任何光束都要用 15 年才能

从我这里穿过

我是一个仪器

赋在女人的身形中

试图将脉搏的跳动形象化

为了身体的解脱

为了灵魂的拷问

最后大家提了几个问题，总体效果不错。书店老板说这是演讲以来书卖得最好的一次。我暗自庆幸：总算对得起 T 先生了。

还有，都说是讲得最有趣的一次，连坐在后面的 T 先生都听得津津有味，像听故事似的。竟然忘了拍照了。莎朗也反复对我说："太有趣了！"——有人曾经问过我：为什么我会说"时间把历史变成了童话"？可不就是嘛，我在黑龙江受的那些难以忍受的苦，如今都变成了有趣的故事。更遑论"文革"，已经半个世纪，今天的年轻人，不会也把它变成童话吧——那可就太可怕了！

2016 年 4 月 21 日

在小 G 的指引下，我和 T 先生来到古董市场淘宝。

市场很大，摊位很多，可入眼的却很少。或许，是我已经过了"狂购期"？

T 先生倒是有收获，买了一幅英国女权主义作家的画。最早的叫价

600 镑，后来因为残损严重，降到了 150 镑。T 先生犹豫半日，我坚决要他继续压价。其间，我们去吃越南米线，我说如果他压到 50 镑，对方肯定不干，可能会以 100 镑售之。最后果然如此，吃完饭再到那里，不到一盏茶的工夫，T 先生兴冲冲地拿了个大袋子出来了，里面装着那幅画，真的以 100 镑成交。

我们共同看中的只有一件东西，是一本大书，装在一个大木头盒子里，那书巨大，仅面积便相当于九本普通的书，印刷极尽精美，每隔一两页便有一幅画，最初猜是《圣经》，但是细细一看，是俄文，画也并非《圣经》故事，也非中世纪那种画，很怪异。再看那个卖东西的，明明长着一副俄国人的面孔。"是不是东正教的画啊？"我说。T 先生点头说有道理，价格一点不贵，才一百多镑。可就是太大没办法拿。

晚上本来 T 先生要为我践行的，可外面风太大，只好在酒店里吃饭。这个酒店的饭真是难吃之至。点了个意面，但是难以下咽。T 先生说，他开车去中国城打个包回来，我说算了吧，想早点休息。

回到房间继续读刘仲敬，总算读完了。说真的并不像八十年代读孙隆基《中国文化的深层结构》时有那种惊艳之感。

2016 年 4 月 22 日

下午四点半的飞机。准备一点半走。

T 先生十一点二十分到宾馆时，我还在给手机充电。急匆匆到外面吃了点东西。聊了聊书的事。一点半左右开车直奔机场，半路上知道飞机将会晚点两个小时，OMG（天啊）！本来十几个小时的飞机就够我扛的，现在又多加上两个多小时！与 T 先生挥手作别时，登机门都还没有确定。

时间还早，我找了个安静的地方看我买的画册。有一本是波斯细密画，很合我的趣味，突然想起几年前见到帕慕克，问及他那本《我的名字叫红》里面描述的有关波斯细密画的事，他竟然说，他其实对那个没啥兴趣，是小说的临时需要，顿时对他的印象分大减。但是现在看到这些美丽的画，依然会对帕慕克心存感激，若不是看他的小说，我还不会去关注这种画。波斯细密画是中世纪艺术的一个重要部分。是在手抄经典或民间传说中，和文字配合的一种小型图画。始于《古兰经》边饰图案，早期画风受希腊、叙利亚等艺术影响，色彩美丽，富于装饰性，后来又吸收了中国绘画的一些方法。把中国画、拜占庭艺术、伊斯兰教艺术元素融合起来，越发地有特点了。我买的这本是赫拉特画派的代表人物毕扎德的，很典型的波斯风格。

忽然有人跟我打招呼，是乘客休息室中的一位美丽的服务员，跟我说了语速很快的一串英文，我用英文对她说，抱歉，我没听懂，她非常耐心地放慢速度，又说了一遍，然后轻轻拉着我，指向大屏幕，我这才明白，原来她是提醒我，不要误了飞机！天哪，这时我才发现，我的这趟飞机已经在登机了！我边走边向她连连道谢。在国外，常常会遇见这种感人至深的人与事，一个细节就可以看出一个民族的素质。

赴京的英航，完全没有了去时的美食与服务，这时我才反应过来，原来去的时候坐的是"高级经济舱"，介于公务舱与经济舱之间的。而回来坐的是普通经济舱——差别好大呀！

十几个小时的飞行，终于回到北京了。

这回，亲爱的北京真给面儿，没有雾霾，晴空万里。

三、被遮蔽的影子美丽绝伦

被遮蔽的影子美丽绝伦

在西方绘画的历史长河中，有一些非常伟大的画家，一直被同时代的优秀画家所遮蔽，他们如同美丽的影子，伴随着世界美术史的正史一直走到今天——譬如鲍斯、莫罗、雷尼罗纳、弗鲁贝尔、狄妃奥……这一串对中国人来讲依然陌生的名字，在当代西方美术评论界得到极高的重新评价——他们终于冲出漫长岁月的巨浪，浮出海面。

一、莫罗：伟大的画界隐者

法国画家居斯塔夫·莫罗（Gustave Moreau），是十九世纪西方绘画史上无法绕开的人物，却也是长期被遮蔽的画家。

多年以前我在朋友那里看到一些当时被禁锢着的西方画册。有幅画一下子吸引了我，那就是莫罗的《幽灵出现》。那幅画取材于宗教故事，画的是正在希律王宫廷中狂舞的莎乐美见到施洗者约翰人头忽然大放灵光，受到强烈刺激的一瞬。传说莎乐美是公元前一世纪大希律王的孙女，以美丽妖冶著称。母亲希罗底也是当时著名美女。希罗底初为其叔希律·腓力之妻，后又为另一叔父希律·安提帕霸占。施洗约翰于是指责她乱伦，她怀恨在心。一日，正值希律王生日，希罗底令其女在筵前为王舞蹈，王大悦，遂愿满足莎乐美的一切要求。在希罗底唆使下，莎乐美便要施洗约翰的人头，王从其愿，将约翰杀死。这个故事带有一点残忍的神秘意味，画面上的莎乐美洁白的肉体上装饰着缀有浓郁东方色彩的丝绸和硕大的金绿色阿拉伯宝石。这幅画以一种金碧辉煌、绝顶美艳而又绝对阴毒的形式走入我的梦境。

莫罗是一位画界的隐士，但是说起德拉克罗瓦和马蒂斯，大家全都知道。而莫罗，正是前者的学生，后者的老师。大名鼎鼎的马蒂斯，正是从他的老师莫罗那里学到了绚丽灿烂的色彩运用，从而创立了野兽派绘画。

莫罗的《俄狄浦斯和斯芬克斯》，画中俄狄浦斯是一持杖裸体美少年，而这个斯芬克斯绝对是属于莫罗的：在绝美的容貌后面有一种残忍、神秘、冷僻和罪恶的力量。她那丑恶的兽身、张开的雄健的翅膀都野性勃发，越发衬托出那张少女的美丽而冷酷的脸，和成熟妇人的乳房。果然是幅奇特的画，画面背景扑朔迷离的色彩似乎包含着某种暗示或隐喻。斯芬克斯紧紧缠绕着俄狄浦斯，用诱惑的胸脯抵住美男子健壮的胸膛，扬起眸子似乎在念着神秘的咒语。而俄狄浦斯带着一种戒备与男人的悲悯，以及男性对美丽异性那种无可奈何的眷恋俯视着她。这一对斯缠一处的人儿既像是一对情侣又像是两个仇敌。斯芬克斯美丽、冷酷的蛇一般的身躯，眼睛像迷蒙的一团黑雾，在蛇形的舞姿中喷吐毒焰。

莫罗的莎乐美系列绘画于 1876 年在巴黎的沙龙、1878 年在巴黎世界博览会上展出，使无数观者叹为观止：莎乐美冷艳邪恶，脖颈上缠绕着神奇的宝石，在王尔德的戏剧《莎乐美》中，希律王是这样描绘那些宝石的："我有乳色烧制的玉石，犹如冷冽的火光，如同悲伤男子的心，害怕独处在黑暗之中而不见天日。……我有大如鸡蛋的蓝宝石，如同花朵一般青蓝。海洋徜徉其中，月色从不会从里头的浪潮中消失。"莫罗的色彩，正是这样一种花朵、玉石与月亮的色彩，互相映照，令人无法摹仿。

莎乐美的故事被反复改写，最著名的自然是大作家王尔德的作品，《圣经》故事被改为这样的情节：巴比伦公主莎乐美爱上施洗者约翰，因为无法得到后者的爱，她为觊觎其美色的继父希律王跳"七重纱舞"，作为交换她要求希律杀死约翰。如愿以偿后莎乐美拾起约翰的头颅抱在怀里，亲吻他的嘴唇，这时希律王才发现了莎乐美的变态，后悔杀了圣徒，于是下令将公主杀死……

这样一个美丽而残忍的故事当时轰动了整个欧洲。而更为令人震惊的是著名的"七重纱舞"，它几乎还原了莫罗的画，那些阿拉伯宝石，确实堪与花朵和月亮的色彩媲美。

莫罗的画跨界影响到了十九世纪的戏剧、歌剧与舞蹈。有一位勇敢的女高音，在演唱歌剧《莎乐美》时，脱去了全部七层纱，她说，应该还历史以本来面目。七层纱成为世界历史上最有名的舞蹈。很多舞蹈艺术家都跳过七层纱舞。甚至连蒙塞拉·卡巴耶这样伟大的女高音也不例外。

据说，上帝有七层面纱，掀开最后一层面纱，真理便现身了。

然而真理并非是人人都敢于直面的，因此，舞台上的七层纱总会留着最后一层，按照中国人的古训似乎就是：最好别捅破那层窗户纸。因为，不是所有人都有直面真理的勇气，更不是所有人都能看到人类处境的终极意义。

二、鲍斯：平民的稻草车

被上帝抛弃或抛弃上帝之后，人类只能在梦境中寻觅属于自己童年的伊甸园。

无数画家用画笔描绘这失去的乐园。其中有一幅非常早又非常古怪非常醒目的，便是鲍斯（Terome Bosch，尼德兰画家）的《娱乐之园》。

作为尼德兰时代的画家，鲍斯一直被笼罩在同代的鲁本斯、凡·戴克等绘画巨匠的阴影之下。然而他却实在是一个非常伟大的画家，愈到现代愈见其伟大。鲍斯的梦境既不同于雷妮·罗纳的绚丽神秘，又不像达利那般怪诞恐怖，鲍斯的梦像民间的古老寓言一般拙朴，充满着象征寓意。他竟敢把教皇和庶民放在一起共同赶起"稻草车"（《稻草车》），他随心所欲地借助想象之光来指挥一场人神之战（《圣安东尼的诱惑》），在《娱乐之园》中，他的奇思异想化作飞鸟的翅膀化作恶兽化作丑恶可怖的裸者出现在画布上，像黎明的红晕一般驱赶着中世纪的黑暗，如果有人证明他是外星球派来的使者我一点儿也不会惊奇。非常引人注目的是画面的右侧有一片树林，树林里结着像红宝石一般鲜艳的果实（或许这便是鲍斯梦境中的伊甸园？），而每只鸟每条鱼每个人嘴里几乎都含着一颗。难道这是鲍斯对于上帝的一种嘲弄（想当初人类的老祖宗仅仅因为偷尝了一颗禁果而被逐出乐园）？在鲍斯的笔下，上帝与庶民同在，伊甸园并不比他生活着的快乐美丽的农庄更美妙。而鲍斯本人大约就像《浪子》中那个狡黠质朴的农人，揣着一袋黑面包干便可上路，旅途中尝尽人间美味。

鲍斯的奇思异想是令人惊叹的。如果说达利的梦境是偏执幻想的再现，那么鲍斯的梦境则体现着人类的共性。对于鲍斯，达利应当把对于保罗·艾吕雅的那句评价转赠给他："他有整个的奥林匹斯山，我从他那儿偷来了一个缪斯。"

三、雷尼·罗纳：非人间的冥想

因为有了那远古的受了蛇的诱惑的女人，也就有了后来的雷尼·罗纳（Reny Lohner，奥地利女画家）。

雷尼的幻想违反她祖先那缠绵的情愫而有着一种自恋式的贵族气。她的梦幻世界总是那般浓丽得近于恐怖。她的用色大概连马蒂斯也自叹弗如。那大红大绿大蓝大紫到了她的笔下便成为非人间的色彩。看到她的色彩我便常常想起我儿时的梦境。也是那么一个神秘的、荒芜的花园。那些奇彩四溢的花因无人看顾而疯长成林，几乎每朵花上都栖留着一只玲珑剔透的鸟。那样的奇花异鸟只属于梦境，如今却在雷尼的世界里找到了。

那些挟带着躁动的古怪曲线化作血红的茅草一般的鸟羽，使人想到自幼熟谙音乐的雷尼固有的节奏和韵律。这些节奏和韵律无时不在，当它们与那些奇异的冥间色彩汇合之时便陷入了一种对人类官能的占有。令人惊异的是雷尼的笔下只有色彩没有阳光，那些得有神助般的色彩韵律轻吻了印象主义与象征主义一下便笔直地向自己的世界涌去。《提拉·安古尼塔》展示了画家本人的内心隐秘：画面正中的裸女倚着一株朽木（仿佛被雷击后的树的残骸）木然站立，另一裸女则背对画面坐在树根旁，两个人都毫无表情。毫无表情地构成了一种冷冷的神秘，这仿佛是一个人的两种形态。遥远地，立着一座小小的房子，仿佛是原始人的骨簇搭成。而画面前景则是那一片梦幻般的色彩。血红浓艳像是凝固的血液，湛蓝碧绿又像是浸透了海水，乍看是花朵，再看却又变成鸟兽，怪就怪在它们既是花朵又是鸟兽。

在雷尼的笔下，自然的造物总是可以互相转换的：当你从那瑰丽的花朵中辨出一只鸟头的时候，你同时发现它其实又是一只鱼头，于是彩色的鸟羽在你眼中又转化为鱼鳍。有无数的眼睛藏匿在这片彩色之中，撕开美艳便会发现原来那是一只只魔鬼般的怪兽——你会惊叹邪恶竟这么容易地潜藏在美丽之后，甚至不是潜藏，竟是中了魔咒似的可以随意变化腾挪。

著名的《终结》和《伊甸园》更证实了这种色彩语言；《终结》中那些花朵变成树枝或鸟羽伸向天空之后又成为火红的珊瑚树，一只金苹果失落在一片蓝色的羽毛中，你会由这只金苹果想到世上最美的女人海伦，然后想到特洛伊战争，想到《伊利亚特》《奥德赛》，然而这绝非那只远古的金苹果，因为它身边站立着一个状貌古怪的黑女人与那静卧着的银白色女人遥遥相对，在画面的右下角有一张青铜色的魔鬼的面具。而《伊甸园》则在无数绚丽花朵中藏着一只彩色蜘蛛似的大毒虫，天上飞着彩色霭雾般的鸟，轻灵得仿佛可以随时碎裂在空气之中，乍看美得无法言传，再看却忽然感到那一片彩色的空气中充满了毒液——远古的伊甸园被毒化了，这大概就是雷尼·罗纳的一切梦境的母题。

四、弗鲁贝尔的双重视力

与邵大箴先生谈起俄罗斯画家弗鲁贝尔，竟有十分切近的感受：我们都曾被他的画带入一种充满恐怖的梦境，在那些梦中，有无数奇特的眼睛。那些眼睛神秘、凄惨、惊恐不安，仿佛栽种在人的全部感官中，拔也拔不掉。看得久了，竟能与之发生一种令人恐惧的感应，那好像是一种飘忽的死亡阴影。按照俄国著名思想家列夫·舍斯托夫的说法，只有具有"双重视力"的人才能创造出这样的眼睛——意即"天然视力"和"非天然视力"。舍斯托夫又说，对具有双重视力的人来讲，生与死的角色是可以互相转换的。他引用了欧里庇得斯的一句令人费解的话：生就是死，而死就是生。

弗鲁贝尔是十九世纪末俄罗斯巡回展览画派的叛逆者。弗氏一生的内心始终无法与周围环境协调：动荡不安，孤寂、痛苦而迷狂，最终陷入深刻的内心混乱之中而无法解脱。他的画笼罩着末日感极强的悲剧氛围，特别是那个折磨了他一生的"天魔"形象，更是有一种超自然的神秘色彩。天魔即莱蒙托夫长诗《天魔》（另译"恶魔"）中的主人公。一个天使因为反抗上帝，被上帝贬黜为魔鬼。他渴望自由、爱情而不可得，他号召人们怀疑、反抗上帝，因而成为天国的死敌。弗氏选择了这样一个文学典型作为他一生追求的画面形象，本身便有一种"在劫难逃"的悲剧意味。画家亚历山大·别努阿对此有这样一段精彩的注脚："在这些令人惊心动魄、使人激动到流泪的优美作品中，有一种非常真实的东西。他的恶魔不改自己的本性。他爱上了弗鲁贝尔，但毕竟又欺骗了他。弗鲁贝尔有时看到自己神灵的这个特点，有时看见了那个特点，而就在对这种难以捉摸的东西的追求中，他很快走向了深渊。把他推向这个深渊的就是对该诅咒的东西的热衷。他的精神错乱是他的天魔主义的必然结果。"

弗鲁贝尔的天魔早已挣脱莱蒙托夫的缪斯而飞翔在"紫蓝色"（同代画家称"紫蓝色"为弗氏的象征色彩）的天空上。尽管他很早便创作了《诗神》《波斯地毯前的小姑娘》《哈姆雷特与奥菲莉亚》等一系列杰作，但冥冥中始终有个声音在搅扰着他，他想创造一个具有"纪念碑意义"的形象。他如痴如狂，最后大约是走火入魔，和那个反抗上帝的家伙合为一体而受到上帝的惩罚。他画了无数个天魔，却始终没有画出那个梦寐以求的神灵。他的"天魔情结"至死未泯。

自1885年始他便在内心构造天魔，直至四年之后才展出了第一幅天魔作品。在《坐着的天魔》中，他创造了一个超凡的形象：天魔孤独地坐在黄昏的岩石上，而他本身也像一块岩石。疲惫的肉体和孤寂的精神幻化成一种无言的仇恨。而背景上的色块使人想起洛可可式教堂的彩色镶嵌玻璃。整幅画面充满先知般的预感。

《塔马尔与天魔》则是我在多梦年龄时常常梦见的。我曾想象那是个充满恐怖色彩的悲剧故事。那个少女美到极点。那一双童话般的眼睛与天魔静静对视着。蓝灰色的冷调子紧紧环抱着这一对恋人，天魔那鬈曲的富有雕塑感的长发闪着青铜的光泽。塔马尔和他紧紧相拥却摒弃了一切肉欲的意念而笼罩在宗教式的圣洁光辉中。两个人的灵魂通过他们的眼睛冷峻地闪烁。天魔粗犷狰厉的男性美与塔马尔的女性温柔像蛇一样缠绕着，窗外点点繁星好像变成象征物，变成一种神秘的符号。塔马尔使我想起俄罗斯童话中美丽的华西丽莎，她跪在天魔面前脸上是无限的爱与崇敬。而天魔温柔地托起她的手臂仿佛在说："我是背离与梦想的化身。我爱我之所爱，但我的爱永远只是一个隐喻。我相信的是死亡之梦，它与生命之火同等重要。"这是一幅超越时空生死的永恒画面。

著名的《天鹅公主》似乎也应归于天魔系列。她的面容与天魔实在是太相像了，同样的清癯面容和同样神秘忧郁的大眼睛。画面上笼罩着一种暗淡的银灰色的雾气，水晶般透明的天鹅公主飘浮在闪烁的烛光和紫色的涟漪中，连她戴着的珠宝和巨大的羽翼也如同一团玫瑰色的空气在慢慢消融。无疑这是天魔幻化成女人在黄昏中出现。当她向藏匿着死神的幽暗湖水走去的时候，曾带着无限的依恋回眸。那一双冰冷凄惶的眸子使人感到她正在由世纪末的黄昏走向死亡之梦，末日的太阳正在她的羽翼上发出玫瑰色的反光。

《飞翔的天魔》又向死亡之梦迈进了一步。画家的妻子在给友人的信中忧心忡忡地写道："……他的天魔是不一般的，不是莱蒙托夫的，而像是当代尼采学说的信徒。"由于画家内心的深刻混乱，《飞翔的天魔》实际上没有完成。弗鲁贝尔的魔鬼把他引向创造的巅峰。然而，"对弃绝自己的人来说，不可能有任何快乐——在已有快乐和喜悦的地方，当你投入某种不存在的东西的怀抱时，就像做了催眠术的小鸟被抛进眼镜蛇嘴里一样。"（列夫·舍斯托夫）终于，在"天魔"组画中最后一幅《被翻倒的天魔》问世后不久，画家精神分裂，四年之后双目失明，又过了四年，这位天才艺术家悲惨地死去了。

《被翻倒的大魔》表现了天魔之死。天魔从高处跌落，跌得支离破碎。被折断的翅膀深深插入泥土，他的眼睛仍然闪着愤怒不屈的光。画面用色十分阴暗，画家仿佛预感到，天魔的死亡阴影即将与自己重叠。

画家的生命结束了，而天魔的故事却并没有完结。

天魔的巨大阴影是属于弗鲁贝尔的，同样也属于陀思妥耶夫斯基，属于梵高、卡夫卡……属于一切具有双重视力的、被世俗所弃绝而执迷于探索死亡之梦的艺术家和伟人们。阴影变成灵感使他们的生命放出辉煌之光，阴影变成达摩克利斯之剑高悬头顶使他们毕生无法安宁，阴影变成死亡之梦诱惑着他们，使他们误入梦境。

终于，他们和他们的阴影重叠了。我想，缪斯应当在他们的纪念碑上刻下这样一行碑文：对他们来讲，生就是死，而死就是生。

五、狄妃奥：我执与无执

最令我深深感动的是美国女画家简·狄妃奥（Jay Defeo）的故事。

出生于1930年的她，曾经集美丽、富有、才华于一身，却在二十九岁那年，自我封闭，画一幅《死亡玫瑰》，画了整整十一年，画得爱人离异，朋友分手，其间曾获顶级策展人之邀参加万人期待的重要画展，却被她以作品尚未完成而拒绝；十一年后作品完成，上面的颜料堆积重达三千多磅，合一吨多重，由八个装卸工破窗而入，把这幅与其叫绘画不如叫雕塑的巨幅作品搬出（后此举被一些画评家譬喻为阴道切开术）。而这时，巴洛克时代已经变成了POP时代，此画成为摆在旧金山艺术教室中长期被泼洒咖啡、按熄烟头的废品，而那些由艺术家堆积的过于厚重的颜料，也随着时日一块块崩塌。对此，狄妃奥只是淡淡地说：人类会消亡，艺术也会消亡。

解释"我执"与"无执"这两个概念，恐怕不会有比狄妃奥的故事更有说服力了。在创作时，她全心投入，自我折磨、充满疼痛、深度迷恋、极为严苛，甚至完全忘记身处的世界，可谓"我执"；然而作品完成后，她精心建构的世界却被忽略，被遗忘，被淹没，不是她的错，而是时代的变换——但她并不关心大众的接受度与评价，更无意于去争锋邀宠，哭爹喊娘，歇斯底里，或者变成喋喋不休的祥林嫂，拦路告状的秦香莲，或者像我们伟大的梵高那样伤筋动骨（毫无贬低梵高之意，梵高同样是我深爱的艺术家）——而是平静、沉默地接受现实，因了这平静与沉默，她的接受显得格外高贵——可谓"无执"。

佛说：娑婆无执。

九十年代，当《死亡玫瑰》已经囤积二十年之久，画家亦早已故去，纽约的一家著名美术馆终于以高价购买了这幅画——重量、规模、低彩度、向心形式，这一切成为画界独一无二的概念，只有站立在画作面前，当阳光掠过，才能深感此画的神秘动人之美。艺术比生命更长久。最奇异的是狄妃奥生前做过一个异梦：她梦见自己死后转世投胎成为另一个人，她漫步在一座美术馆，看到那里正在展出她的《死亡玫瑰》，一个人，正站在那里久久凝视着她的画作，她走过去，轻轻地对那人说："你知道吗？这是我的画。"

迷幻之美你无法抵挡

我的痼疾是失眠。自小便睡不好觉，即便睡了，也常常做些怪梦。当然会想各种办法，服用各种药物助眠。

有一天，收到南美的一位朋友寄来的一种助眠药。英文说明是纯植物的。病急乱投医，我自然吃了。吃罢之后，做了一系列怪梦：

怪梦 1

梦见华丽不可方物的场面：月神降临在月圆之夜的海洋之上，曼陀罗花盛开在海面上——人们把自己融入迷幻的海水中，这时有热气蒸腾出来，就像所罗门的《雅歌》中告诉书拉密的那样："你园里新结出的嫩芽似天堂乐园，结了石榴佳美的果实，番红花发出的香气，你无法抵挡。"在沸腾的海水中人们紧紧拥抱，身体如花朵一般绽放，毛孔发出热气腾腾的呼喊，在极乐的瞬间，他们化成了海水，如同水一样柔软，可以随意弯曲，并且在月神的抚摸下，变得通体透明，放射出可怕的光芒，照亮了黑夜。

怪梦 2

被橡树根纠缠的房子上面坐着一个流浪者，远处有人在弹钢琴，一个长着鬈发的女孩被奇怪地贴了胡须，拿着一支黏土长颈瓶，里面不知是酒还是蒸馏水。钢琴上摆着的玫瑰苍白中带点紫色。有一大群人四仰八叉地躺在周围，还有一口大锅，咕嘟嘟地煮着药水，我上去就喝了一口，药水的香气立即浸透了我的全身，我觉得自己昏迷了很久很久才醒过来，全身的力气都失掉了。

怪梦 3

一个美丽的女子，她的嘴被一只鱼钩吊着，整个身子都悬空了，尽管那鱼钩是金的，鱼嘴上涂了口红，可残酷的现实是，她依然是钓饵上一条可怜的挣扎的活鱼。后来她终于被甩出来，她想抓住什么东西，只有窗帘是她抓得住的，可是她好像抓住了满手芒刺，痛得号叫起来。奇怪的是，对她的痛苦，我完全无动于衷。

我打开电视，发现她进入了电视屏幕——

怪梦 4

有一个人对着我唱歌。看不清她的脸（应当是女的，因为长发），她的歌声有一种魔力，可以穿透云朵，穿过所有华丽和残破的墙，砸在那些茂盛和枯萎的树上，那些树纷纷倒下，一片狼藉，孔雀石的山峦在向她深深鞠躬致敬，在悬崖的碎石下，群鸟投入海湾半透明的水中，海獭在摩里岛海岬的浪中打滚，不时露出鳍状的手，像是在向她欢呼，水汽弥漫的谷底托起珊瑚的艳红。她唱啊唱啊，天空慢慢暗淡，当最后一缕光线从天幕上消失，她变成了唯一的发光体。我从梦中醒来，发现自己的嘴在动着。

怪梦5

我梦见自己来到一个陌生的地方：微风吹皱了彩虹映照的水面，白雪在山上的阳光里闪耀（后来我真的来到了这么一个地方，它叫温哥华），有一个小贩在叫卖雪梨汁，我买了一小瓶，但是没喝。这时一个女孩要和我打网球，我其实不会，但是在梦里就那么打起来了。网球在天空中飞得很慢很慢，如同电影里的慢镜头。

怪梦6

我买了一张音乐会的票，音乐厅被挤在这个城市的一隅，周围全是施工工地，我的耳朵要从嘈杂的施工声中辨别出莫扎特的音乐，我看到舞台上闪亮着一列金绠装饰的高领子，在假发发粉的包装中，假扮的音乐神童跑出来亮相。我的身旁坐着一个胖子老外，大声叫好的时候，说的好像是西班牙语。

怪梦7

身体突然会飞起来，就像一张撕下来的皇历，越飞越薄，变成一抹淡去的月光，被风刮来刮去，在梦里，我忽然觉得风是我的前世仇人，它总是使劲拧我的衣领，我觉得自己随时有被勒死的危险。我终于觉得，一个人在最无助的时候才是真实的自己。我悬在空中，被风虐待，连我自己也不知道会停在哪里，但是我并不伤感。我已经不像以前那么容易伤感了。我突然发现了对付周围世界的秘密——把内心掏空，只留下影子，把目光弯曲起来，像只小猫那样蜷缩蠕动，找个避难的巢穴，藏起不会说谎不会弯曲的舌头，然后厚着脸皮去面对一盘甜食，做一个饕餮者。

——从此我进入了一个昏睡状态，不断地做各种奇怪的梦：偶尔我会变得很轻，挂在一家衣服店里，没有重量，像一件长袖丝衫在风中彷徨。我的手在虚空里徒劳地挥舞着，地上好像有淡淡的影子。有一些小孩子隔着玻璃看我，好像要对我说什么，那些小孩的嘴唇就贴在玻璃上，是绿的，可是我觉得自己非常非常累了，什么也不想说。后来，小孩子们不见了，玻璃上出现了一大片美丽的海水绿色。浮动着，浮动着……渐渐地把我淹没了……

…………

那药的名字好像叫作Super-Sleep……有密密麻麻的小字，里面有一段好像是说，此药成分中含有某种致幻性植物。

致幻性植物！

这一下子激起了我的好奇心！我开始查找有关致幻性植物的一切——原来，我们熟悉的很多花朵都有致幻性！譬如玫瑰，特别是我们情人节盛行送的蓝色妖姬；还有金魔术、蓝蝴蝶、雪球花、紫罗兰、豌豆花、忍冬花、柠檬油、风信子、鸢尾花、丁香花、金雀花、石楠花、铁线莲……当然，我书中女性的名字：曼陀罗、海百合、白罂粟、番石榴、桃金娘……更是有名的致幻性花朵。

而"花语"，便是这些花朵特性的含义。最早起源于古希腊，在希腊神话里记载过爱神出生时创造了玫瑰的故事，于是玫瑰从那个时代起就成了爱情的代名词。花语真正盛行其实是在法国皇室时期，当时贵族们收集了民间的花语信息，然后让那些含有特殊花语的花朵在他们的后花园里生长。十九世纪的社会风气还不是十分开放，在大庭广众下表达爱意是难事儿，所以恋人们赠送的花就成了爱的信使。

鸢尾花是恋爱的使者，欧洲人认为它象征光明和自由，古埃及人觉得鸢尾花是力量与雄辩的象征，不同颜色的鸢尾花有不同的花语：白色代表纯真；黄色表示友谊永固；蓝色是破碎的激情；紫色代表爱与吉祥；深宝蓝色的德国鸢尾代表神圣……而金玫瑰代表真心，虞美人代表安慰，雪球花代表青春美丽，至于传说中的彼岸花，也就是曼珠沙华，它代表的是分离与死亡。

所有的花有一个共同特点，都有花香——不见得是令人心旷神怡的香，也有可能是刺鼻的、难闻的、怪异的、邪媚的、难以归类的……

于是一个关于花朵与迷香的童话在我心里慢慢酝酿着。2012 年，我写了长篇《炼狱之花》，2014 年，我到温哥华领奖，有个会说中文的老外对我说，你这个故事太有趣了，你会画画，为什么不把它画出来？

于是我顿时野心膨胀，决定做一个绘本。自 2016 年初始至 2017 年的五月，写了一个童话，原创了七十幅画，出版社竟然做了一年之久（应当是很难做吧？）。现在，这个独一无二的绘本，终于要问世了。有朋友说，我的小说永远有意象，问，这部带有暗黑色彩的童话的意象是什么？我说：是形而下的花，和形而上的香。

至于那瓶诡异的来自神秘南美的助眠药，我终究还是没敢吃完。

绘本：文学的中国画风与世界面向

——在第二届博鳌文学论坛上的发言

面对世界文学的新格局，作为写作者，我们要敢于做新的尝试。考虑到现在图书市场的受众基本是年轻人，喜欢直观的感受，我们可以尝试做绘本。绘本，英文称 Picture Book，顾名思义就是"画出来的书"。它不仅是讲故事、学知识，而且可以全面帮助青少年建构精神世界，培养多元智能。绘本是发达国家家庭首选的青少年读物。既有专为儿童读者的，也有面对成人的绘本。

绘本起源于西方，诞生于 19 世纪后半叶的欧美。人类文明都具有图画叙事的传统，文字也起源于图画，中华民族作为硕果仅存的古老文明，从考古发现来看，长江、黄河流域都存有我们祖先留下的图画：如岩画、陶器绘制、壁画等，这些都可以看成是中国最早的用图画叙述事件的记录。夏商周青铜器上的图画、秦汉时代的画像石、魏晋南北朝的墓室壁画、五代两宋的卷轴画、明清的戏曲、小说木版插画，总体而言，这些插图，都具有了初步的讲故事的能力。

我看过广西的花山岩画，数十处有岩画的岩阴延续数十里。这些岩画中可以辨别出几种不同的颜色。饮食、采集、捕鱼、狩猎、舞蹈、歌唱、生殖、死亡、丧葬……夕阳西下的时候，山的断层变成了单纯的色块，被斜阳熏陶得光熠四射。有无数根古朴而美丽的线隐藏在岩石上。那些线深深刻出远古时代的生活。鱼和鸟以及许多的人体器官构成了这种生活。简洁、单纯、童贞、古拙、神秘、刚烈、含蓄、抒情、抽象、金石之韵……旋转的东方线条神秘而游离，穿越太空，遏制着有序的日月星辰，抽象的符号火炬一般在空中摇曳，勇敢的精灵衔着希望之矢扑向太阳，黑色的鸟主宰着天空，如命运之神游刃于黑红相间的大色块之间。"天地与我并生，万物与我为一"，古人绘出了感人至深的图画故事。

在二十一世纪，绘本阅读已经成为全球青少年阅读的时尚。自前年始，我开始尝试绘本。第一个绘本是由海峡书局出版的，北北主编。但是严格来讲这只能叫作插画本，因为字数多，画大概有四十来幅，且与文字没有构成故事。之后与十月文艺出版社签下的绘本《海百合》，是一个真正的绘本，此书有我原创的七十幅画，也就是说，自2016年初始至今年的五月，我一直在做这个绘本，过程非常艰苦。我试图用一种"图画语言"做成供青少年乃至成人看的一部电影，让它既能开拓视野，又有细节描述，既有有趣的故事情节，又暗藏着起、承、转、合的节奏设计。画作尽量画得精美以吸睛，并且可以成为一种记忆故事的符号。内容虽然悬疑密布，但是故事的核非常简单，用一句话概括，就是"真爱战胜堕落"，如同所有的童话或者成人童话一样，用各种有趣和繁复的情节来包装一个简单的最好具有世界共识的隐喻。做绘本，相当于一个导演，要在有限的篇幅之内把故事讲得清晰生动又好看，每个角色设计的连贯性和一致性不能仅仅从文字上表达出来，更要在绘画上表达出来，譬如，我画的每一个人物从头至尾都要表现出一致性，无论他在任何一个角度，都得让读者知道，这就是他而不是别人。这个是我在画前没有预料的难题，因为过去的画的主题性都是独立的、非连续性的。于是只好设定一些人物特点，譬如女二号曼陀罗，她的右脸上始终有一朵曼陀罗花的胎记，她的面部特征是妖媚，而女一号海百合，面部特征则是纯真。这个绘本万事俱备，只欠封面，如果一切顺利，将会在春节期间问世。非常希望得到大家的关注。

《海百合》的画风是偏西画的，而接下来签的绘本，将是一个完全的中国风的绘本。

其实，文字本身也是有色彩的，譬如画写意画，每一笔似乎都是不经意的，但是墨色的浓淡、笔锋的侧逆、留白的空间、总体的布局，都是十分的讲究，一个败笔都会影响全局。

之前有个误区，觉得绘本不过就是儿童读物。但是有一本由英国绘本作家艾莉森·简创作的《数字的挑战》征服了我。封面精美，厚得如同木质，所谓数字的挑战，你以为一页一个数字对应一组物体很好了，仔细看每一页都有 N 组对应数量的物体。你被作者的用心惊到了，忽然发现每一页都与前一页有关系，都有 N 组物体与之对应，简直就像"找碴游戏"一样令人着迷。这样的绘本，不仅对于青少年，即使是对于成人也是烧脑的，令人爱不释手！

我们的人民文学出版社出版的全彩绘本《哈利·波特》也是非常精美，每一页插画都别具匠心，令人在读吊人胃口的故事的同时，有一种直观的美的享受。

我非常看好做绘本的前景，丝绸之路上从古至今的故事就非常之多。多年前我写的《敦煌遗梦》，便是一套极好的绘本素材。因为敦煌壁画本身就融和了古波斯、古印度、日本浮士绘的技法，那造型优美的莲花和飞天藻井，轮状花蕊的覆莲，流动的飞云，旋转的散花，飘舞的长巾，艳丽的葡萄、卷草与连璧纹，那云气动荡、衣袂飘飞的伎乐天……那许多的佛本生、佛传与经变的故事，那无数的飞天、药叉、雨师、伎乐、羽人、婆薮仙、帝释、梵天、菩萨、天龙八部，还有那奇异的鸣沙山、月牙泉、三危佛光……我在书中提到的《吉祥天女沐浴图》，画作便来自新疆和田丹丹乌里克遗址的石窟。——挖掘中国古风做绘本，是一条非常宽广的跨界写作之路。

中华民族几千年的灿烂文化，是我们这个民族的特有财富，绝不能随意丢弃。纵观当今世界，文化的冲突、邪教的泛滥、自然的破坏、人性的恶化等等，均为社会安定和发展之阻力。然而要消除和解决这些问题，中华文化具有西方文明无法取代的作用。当前西方一些有识之士都在尽力研究中华文化，和一百年前的西学东渐相反，形成了"东学西渐"。这些都说明了中华文化在当今世界仍有极高的价值，二十一世纪不仅是东西方文化交汇的世纪，而应当是从过去"以西方文化为主流"转向"以东方文化为主流"的世纪，复兴中华文化绝不是对西方文明的对抗，而是意味着东方文化对西方文化的吸纳，创新人类新文化，为人类开启新的文明。

无论你信不信，被奉为现代小说之神的卡夫卡就读过大量中国古代哲学家的文学著作，并且很感兴趣，如《南华经》《论语》《道德经》等。据说卡夫卡偏爱研究道家，他说："老子的格言是坚硬的核桃，我被它们陶醉了，但是它们的核心对我依然紧锁着。我反复读了好多遍，然后我却发现，就像小孩玩彩色玻璃球游戏那样，我让这些格言从一个思想角落滑到另一个思想角落，而丝毫没有前进。通过这些格言玻璃球，我其实只发现了我的思想槽非常浅，无法包容老子的玻璃球。这是令人沮丧的发现，于是我停止了玻璃球游戏。"我在想，如果卡夫卡悟透了玻璃球游戏的奥秘，难道世界文学史会因此改写吗？

我们为什么不能做一个有关老子的玻璃球游戏的绘本呢？

我想，可以的。

（本文为作者于 2017 年在第二届博鳌文学论坛上的演讲稿）

四、每一颗星子

伯格曼：手执魔灯的大师

多年以前有一部电影让我产生了一种真正的惊悚之感，那就是《呼喊与细语》。同时我知道了它的导演叫作英格玛·伯格曼。

瑞典电影大师伯格曼把人与人之间那种隐秘的、令人悲哀的关系推向了极致：死去的大姐因为生前未能得到姐妹亲情的温暖，死后还在渴望与妹妹体肤的接触；二姐因为厌恶丈夫、不愿与之过性生活而竟然用利器刺破阴道，将鲜血涂得满脸……伯格曼的影片有一种魔力，它能够击中、穿透和撕裂所有人的心。

后来就读了伯格曼自传《魔灯》，越发相信：真正的大师都是由他的童年造就的。伯格曼出生于瑞典的一位牧师家庭，他自小瘦弱多病，敏感早慧，极其看重母亲的爱。四岁的时候，因为妈妈给他生了个小妹妹，他觉得在一瞬间失去了妈妈的爱，便对小妹妹心怀敌意，险些扼死了她；他甚至以装病的方式来博取母亲更多的爱，再大些，他开始用冷酷无情来掩饰这种爱，可是，当妈妈突然辞世，伯格曼再也掩饰不住自己的情感，他痛哭失声，一直守在妈妈的灵前，幻想着妈妈还在呼吸。我想，正是因为有了这种对于爱、对于亲情的极端渴望与叛逆，才有了《呼喊与细语》。

按照伯格曼敏感早慧的天性与童年遭际，无疑也属于后者。早在中学时代，伯格曼就得到了一部电影放映机。那是一个普通的圣诞节，父母把一个小型的放映机作为礼物送给了伯格曼的哥哥，伯格曼于是痛苦得"号叫"起来，他钻进了桌子底下，不吃不喝，直至哭得昏昏睡去。也许是上帝看到了这个小孩子纯真的悲伤，于是上帝开了恩：伯格曼把自己的礼物———一百个锡制的士兵与哥哥交换，最后得到了这个原始的电影放映机。

这就是伯格曼的魔灯！"它带有一个弯曲的灯罩，黄铜镜头和金属支架的造型是那样美丽。"当少年伯格曼带着惊喜看到雪白墙壁上映出的草地上的女郎时，他知道自己的这一生已经别无选择。

一扇通向心灵秘密通道的门开启了，他走进了属于自己的秘密世界。在魔灯的照耀下，那个世界似乎是人类世界的真实写照，然而又全然不是。它的每一个细节都是不真实的，然而魔灯又把它们变成了真实。那就是电影，那就是在伯格曼的魔灯照耀下的电影，正是有了第一盏"魔灯"，才有了后来的《危机》《罗科尔与影院看门人》《黑暗中的音乐》《监狱》《三种奇怪的爱情》《夏日插曲》《女人的期待》《秋天奏鸣曲》《野草莓》《呼喊与细语》《芬妮与亚历山大》……他把电影院里的观众都引向了他的秘密世界，和他一起哭，一起笑，一起发疯，一起舞蹈……

上世纪九十年代以来中国电影在海外声誉鹊起，频频获奖，可恰恰缺少这种揭示人性本身的片子，并且随着电影市场化的发展，这种可能性恐怕也将越来越小了。这是中国电影的遗憾，也是中国人的遗憾。国人的遗忘机制似乎从一开始就决定了会忘却童年的秘密，而那个秘密却一代又一代地活在孩子们的心里。可惜，孩子一旦成人就把心里的那个秘密忘了，而且一点儿也不懂得自己的孩子，一点儿也没想到那孩子便是自己的过去。而孩子，却一直被那可怕的秘密烧灼着，直到成年。这大概就是我们的悲剧所在。

伯格曼大师却始终记着他童年时代的秘密，他勇敢地用那盏魔灯照亮了人性深层的黑暗。而我们的电影人，尽管可以通过努力熟知所有的卖点、技巧，深谙发行之道，甚至电影的美学意义，却唯独缺少了探索人类灵魂的勇气。也正因如此，我们的电影人可以荣获所有的奖项，得到所有的荣誉，成为最优秀的导演，却永远无法达到伯格曼的高度，永远不能成为——大师。

孤独是迷人的

——《艾米莉·狄金森传》解读

大家似乎都知道"孤独是可耻的"这句话，然而艾米莉·狄金森的一生把这句话改写成"孤独是迷人的"。

伟大的美国女诗人艾米莉·狄金森——相信至今在中国，也没有多少人真正了解和关心。

仿佛是机缘所至——1996年，我赴广州开笔会。当晚，花城出版社社长肖建国表情神秘地把我和林白叫在一起，悄声告诉我们，社里印了一本《艾米莉·狄金森传》，印得很少，手边只剩下两本了。我俩怀着欣喜接过社长递来的书，捧在手里——后来此书再未重印。

现在，这本珍贵的书就在眼前：作者巴蒂娜·克纳帕（Bettna L. Knapp），译者李恒春。封面是狄金森一生唯一的照片——她简朴的服装隐隐透出一种低调的奢华，貌似平凡的脸上，一双眼睛却暴露出她内心的热烈与狂野、勇敢与坚强。

多年之后我才知道，她之所以不喜欢拍照，是因为她不愿意让自己"被困在木框子"里，除非是诗行的框框——天哪！这是多么强烈的个性！

笔会的那几天，我几乎没有参加活动，而是被此书深深吸引了：它告诉了我一个奇异的女作家真实的一生——生于 1830 年的她，自 28 岁那年便闭门不出，文学史上称她为"阿默斯特的女尼"，然而她并非女尼，从她身上会知道："孤寂"并不一定是负面的，它也可以是一种迷人的正面力量，我们的女诗人不过是厌弃红尘纷扰，她自我幽闭的内心深处，有海，有花，有星，有月。最重要的是，她很早就悟到了：灵魂应当选择自己的伴侣——她很早就敢于和别人不一样。譬如她向朋友艾比尔写信时写道："当我最幸福时，每一个乐趣都隐含着刺痛，我认为无刺不成玫瑰，我的心中有痛苦的空虚，使我坚信这世界不能完满。……我希望将来天堂的大门会为我打开，安琪尔会称我为姐妹，然而，我还是不愿成为基督徒。"

她一直没有皈依宗教，为此，"加在她身上的压力是无情的，包括威胁与羞辱，但她却从未动摇"。——后来她终于明白，她之所以一直没有皈依宗教，恰恰是因为她如同夏娃一般偷吃了智慧之果——她的智慧令她无法返回到童年的伊甸园，一个敢于选择与别人不一样的人，势必一生尝尽痛苦，包括精神上和肉体上的双重痛苦。

在迄今为止中国出版的有关狄金森的诗集与介绍中，对于她的闭门不出一直语焉不详，然而此书却翔实地揭示了这一原因，为狄金森一生的秘史开启了一条神秘的通道——那通道直达女诗人的心灵深处：狄金森生于一个富有的家庭，也曾经有过快乐的童年，然而很快，一切都变质了，随着岁月的推移，她与父母和兄妹的关系变得复杂而微妙，她在少女时代便开始照顾多病的母亲，她觉得母亲"无法亲近"，死亡在很长的时间内笼罩着她的母亲，使整个家庭变得"压抑不安"。在狄金森晚年时这样回忆道："我从未有过母亲，我猜母亲就是当你有烦恼时可以急切寻求帮助的人。"她又写道："孩提时，当我跑回家时，总有一种恐惧感，生怕有什么事情会降临到我头上。"对于父亲，她更是怀着一种复杂的情感，一方面，她觉得他令人敬畏；另一方面，她绝对无法容忍父亲对她才华的无视，她的父亲对她哥哥奥斯汀的偏爱给她的心灵投下了巨大的阴影，这使她与哥哥的关系一度紧张，她在一封信里用讥讽的语气写道："奥斯汀是诗人了！……滚一边去吧！……"女诗人强烈的个性与神经质使得她烦恼不安，她曾经寄希望于爱情，她完全不是有些人猜测的那样如同清教徒一般，而是怀有极其强烈的爱欲，25岁那年她深爱上一位牧师，而不幸这牧师是个有妇之夫，她的爱情无法宣泄，只能怀着初恋的心情给他写信，她把自己的诗比喻成"我的花朵"，把他比喻成"西方的唇"……但是爱永远是双刃剑，爱有多深，伤害就有多深！心中的爱化作烈焰，把她敏感的心燃烧得疼痛难忍，由爱而生的苦恼与伤害使女诗人的心在流血，经过内心痛苦的挣扎最终她选择了"隐藏"。她的隐藏，不但包括了她的爱情，也包括了她超尘绝俗的诗句——以至于在她的生前，只发表了七首诗，留下的诗稿却达一千七百余首。她在孤独中埋头写诗三十年，死后留下的是整整一座令人惊叹的玫瑰园！——直到美国现代诗兴起，她才作为二十世纪现代主义诗歌的先驱受到热烈追捧，对她的研究成了美国现代文学批评中的热门，她本人也成为与美国文学之父欧文与大诗人惠特曼齐名的伟大诗人！

美国人献给狄金森的铭文是："啊，杰出的艾米莉·狄金森！"

而在中国，其实早在一九八四年就出了第一本《狄金森诗选》，那时的中国读者甚至学者，还不知道狄金森是谁，而在《中国大百科全书·外国文学》卷第251页，也只有"狄更生"名下不足半页的文字。

2000年十月，由百花文艺出版社出版了《孤独是迷人的——艾米莉·狄金森的秘密日记》。此书对于中国的学界颇有影响，许多人开始对这位奇特的女诗人产生了兴趣。

如果说，美国人是在狄金森去世后才真正认识她的价值，那么中国几乎要晚了一百年，甚至更长！因为至今，狄金森也没有进入中国的主流，她只是在中国的学界，特别是在像我这样迷恋她的读者当中产生了深刻而长远的影响，然而我相信，她美丽真挚而直击灵魂的诗行，迟早要进入中国广大读者的视野——她的诗让我们可以分享她深刻的思想——那是关于死亡、永恒、自然与爱，也就是生命中最最本质的哲学。

"我是为美而死——被人／安置在这个坟冢／有人是为真理而亡的，也被葬在旁边的穴中／他曾轻声问道'你为何而死'？／'为美，'我回答／'我，为真理——两者都一样／我们是兄弟，'他说话／就这样，像两个男人，相会在这个夜晚／隔着墓穴交谈／直到青苔爬到我们唇边／将我们石碑上的名字遮掩……"

这样的诗句，真是令人战栗啊！！

为美而死？谁敢说这样的话！只有我们的女诗人！为美，为形而上的原因而死，在中国的文人中似乎已经绝迹了，仅仅有八十年代的一位诗人海子。据说蒋子龙曾经有个讲座的名字叫作："中国作家，你为什么不自杀？"——的确，纵观世界文学史，有多少作家为形而上的苦恼自杀?！海明威、叶赛宁、川端康成、三岛由纪夫、茨威格……这真是一个奇特而令人恐惧的现象，这类作家由于他们的纯粹而与现实格格不入，义无反顾地走入了自己的秘密世界，他们接近神祇，与神祇对话，天生与尘世无缘，只好逃避在文学或艺术的象牙塔之中。当然，并不是说为自己的精神理想非要去疯去死才算纯粹，但是对于这样的作家，我表示由衷的敬意。

而在中国，几乎人人都在进行现实主义写作，写心灵的内省式作家被无形边缘化，很多人成为一世主义者，在这个娱乐化时代，成为既得利益者，何来灵魂的煎熬与苦痛，更遑论为形而上的原因而自杀！

狄金森在自己的诗中"为美去死"，她的肉身活了下来，一生活在一个小镇上，她是为自己选择了一条向死而生的道路！这对她，一个很早便领悟到人生真谛、与尘世无缘的人来讲，更是难乎其难啊！

终于，在狄金森成为四十岁的老姑娘的时候，曾经做过她的伯乐的希金森来到阿默斯特专程看望了这位女诗人。因为长期独处，她已经"不太习惯与人交谈，说起话来扑朔迷离前言不搭后语"。尽管如此，希金森对她的印象仍然"非常深刻"。

狄金森的诗中我最喜欢的一首是《灵魂选择自己的伴侣》，我几乎可以把它背下来了：

> 灵魂选择自己的伴侣
> 接着把门关紧
> 那无比神圣的决心
> 再也不容干预
>
> 心不动
> 即使华车恭迎
> 在蓬门之前
> 心不动
> 即使皇帝亲跪
> 在门垫之上
>
> 任凭弱水三千
> 仅取一瓢

然后心再无旁念
　　磐石入定

　　现在，我再次拿起这本书，拉开窗帘，看着北京的一个普通的夜晚，想着百余年前美国的一位女诗人，也许也曾经像我这样拉开窗帘，看着阿默斯特初升的月亮。那百余年前的月亮的光辉，此时也正在沐浴着我，而我，还远远做不到"磐石入定"。
　　相信再过若干年，狄金森的诗句会穿越时空，真正走入中国人的灵魂深处，因为，她是不朽的。

寂寞猛于虎

——评木心先生《竹秀》

木心先生辞世引起了木心大热，我却是早已中了他的毒——自读了2006年他的第一部在大陆出版的书《哥伦比亚的倒影》之后。

其中《竹秀》一篇，以其独特韵味与内涵吸引到我。内中写到莫干山的虎与米粉肉，记忆至今："粗粒子米粉加酱油蒸出来的猪肉，简直迷人，心想，此物与炒青菜、萝卜汤同食，堪爱吃一辈子。"木心为掩饰饕餮本性，又拉出伍尔芙："伍尔芙夫人深明此理，说得也恳切，她说，几颗梅子，半片鹌鹑，脊椎骨根上的一缕火就是燃不起。燃不起就想不妙写不灵。"——深以为然！作家们大抵乃贪馋好色之徒，清教徒或许做不了好作家。

木心上来便有惊人之语——"一旦美好的事物逃离仅供观赏的价值而展示出世俗的功能之时，便已然成为奴性。不但如奴性般可耻，还如日常生活一般可笑与寂寞。"

而木心在莫干山上的深夜来客，竟是猛虎！然而他竟然任其"撕拉撕拉地抓门"，而他则"恬然不惧而窃笑"。直到虎离去、万籁俱寂之后，木心方道：这倒是可怕的。

原来，木心害怕寂寞甚于怕虎。"人害怕寂寞，害怕到无耻的程度。换言之，人的某些无耻的行径是由于害怕寂寞而作出来的。"——真是于无声处听惊雷啊！——任凭虎在外边挠门，而木心在屋内"恬然不惧而窃笑"，还在感叹虎的智商不够，"不懂得退后十步"而借力撞门，如此的境界，文人中恐怕也只有木心先生了。

翌日知道确实是虎而想到买羊腿吃，恐怕也只有他才想得出来。由怀疑羊腿不得而失落，到突闻"红烧羊肉的香味"的喜悦，再到见到"烫热的家酿米酒"，"大碗的葱花芋艿羹"，"浓郁郁的连皮肥羊肉，洒上翡翠蒜叶末子，整个金碧辉煌"。于是这时木心感叹"中国可爱"了。而我们，也不由得要感叹木心先生的可爱了！

终于，全篇高潮来了——莫干山大雪之夜，木心渴望一个鬼魂来与他聊天，"这种氛围再不出现鬼魂，使我绝望于鬼的存在"。周围这样静，连吹蜡烛的声音都显得"响"，枕边的锦盒旁有一本日记，日记里夹着照片，照片背面写着"竹秀敬赠"，于是木心把竹秀二字写了大概六百遍，睡着了。却又被大雪折竹的声音惊醒了——大雪折竹而发声，该是何等的清越之音呵。

最后他总结：在都市中，更寂寞。路灯杆子不会被雪压折，承不住多少雪，厚了，会自己掉落。

木心此文，害得我两赴莫干山去寻找"竹秀"意境。老虎当然没有遇上，那种"粗粒子的米粉肉"也未见踪影，倒是吃了红烧肉，酱油烧的，确是很香，还有木心向往的炒青菜和萝卜汤。当然，最让我动心的，其实还是那茂密的竹林！——我与木心的年代，相隔远矣，然而那一片竹秀却依然存在于时间的长河之中，不能不令人感叹！寂寞，自然是有的。只是没有木心先生那般胆壮，与老虎相比，我还是忍受寂寞吧。

海外评木心乃百年不遇之天才作家，为的是他那不像小说不像散文不像诗不像词的文字，那种独特，除了天才二字，实难尽言。"发纤浓于简古，寄至味于淡泊"——妙哉木心！

（此文原载《光明日报》中国好文章，经我文学代理交陈丹青过目，丹青极为欣赏，大概也是因了中国作家真喜欢木心的人不多，写的人更少吧？这点我至今感觉奇怪。）

五、往事琐忆

世纪回眸：生命中的色彩

最早有世纪末这个概念，是在上大学的时候，读丹纳的《艺术哲学》。丹纳说，世纪末的色彩是玫瑰色的。可是曾几何时，又读刚刚复刊的《世界美术》，在谈到画家弗鲁贝尔时，作者认为弗氏惯用的"紫蓝色"是"世纪末的色彩"。我不知道世纪末的色彩究竟是什么，但无论是玫瑰色还是紫蓝色都很吸引我，我是那种对色彩很敏感的人，正是色彩使我记住了世纪末这个概念。

世纪末真的到了。在 1997 年，香港要回归了。柯受良先生飞越黄河壶口的壮举，也染上了一点世纪末的色彩。大家努力要兴奋，却兴奋不起来。所有能够想出来的游戏都已经玩过了。人们并不知道自己患了世纪病，并且已经病入膏肓。

我唯一的本事是逃避。但逃避其实也是一种自欺。按顺时针方向，很清醒地看一看过去，忽然发现我的生命的片断，都染着不同的色彩，我靠色彩来区别它们，每一个片断所象征的色彩，像是偶然，又像是有着一种与生俱来的神秘与宿命，不可理喻。

童年

　　色彩是我一生的爱好。最早的理想是做一个画家。至今我都认为，没有选择画家这个行当是我一生的错误。我的记忆里充满了色彩：在我出生的那所房子里，有一口很大的镶金嵌银的钟，雕得很精美，钟盘上是罗马数字，钟摆是纯铜的，已经生出绿色的铜锈，但总是走得很准。我从小睡眠就不好，一点点声音也要睡不着，可那钟摆声音很大，却对我毫无影响，很奇怪。钟的两旁是笔筒，造型是典型的中国古董，画的却是日本女人，赤着一双脚，那么鲜活的白脚丫，伏卧在绿的草坪上，只有嘴巴一点点鲜红。那一点鲜红对于我和姐姐们是绝对的诱惑，我们趁着妈不注意的时候，偷着用她的深绛色唇膏，把嘴唇抹得红艳艳的。

　　童年的色彩是混沌的。我的童年既快乐又痛苦。快乐和痛苦都达到了极致，人格就可能分裂。那混沌的说不清道不明的色彩至今仍是我写作时的养分，也是我内心真正痛苦的来源。我的天性爱吃爱穿爱玩，从小就被妈妈和外婆骂为好吃懒做，我觉着委屈。因为那时并没有什么好吃的，穿就更谈不上了：永远拣姐姐们剩的穿。一件红底黑格的小棉袄穿了三个人，本来极鲜艳的红底子传到我这里成了土红色，上面一层洗出来的白绒毛。

　　妈妈很早就教我做女红：绣十字布，织网兜，钩手袋……并不是做着玩玩的，而是她心血来潮接了居委会的活。那时真的不懂，一个学龄前儿童每晚绣花绣到十点，怎么还会被冠以"懒做"之名，于是就难过，就郁郁寡欢，结果就是越发不讨大人的喜欢。

伯父有一回去苏联回来，带回了三件布拉吉，一件白底子青果领，有极鲜艳的绿叶红花，是樱桃那么大小的花，在那时的我看来，真是漂亮极了。这件最大，给了大姐。一件是乳白色的亚麻布，领子和袖口都镶了蓝白格的大荷叶边，很洋气的，给了二姐。我的那件是白色泡泡纱的，在胸口镶了一圈鲜红的缎带，插进镂空的花朵里，丝线挖嵌。照妈的眼光来看，这件是最好的，可是没过几天，吃晚饭的时候，弟弟就偏偏打翻了酱油碟，我的新衣裳就染了一块斑，我哭啊哭啊，我知道新衣裳是不能再复原的了，可我想要父母说一句话，说一句公允或者同情的话，这句话没有等来，等来的是一顿老拳，孩子的心就那么容易被伤害。——父母虽然都受过高等教育，可在重男轻女这一点上，他们并不比农村老太太更开明。

有时觉得我一生都在做一件事：证明给爸爸妈妈看。但最终我失败了。终于明白了我要的是不可能得到的，连上帝都不可能公平。

我的童年，就像那件泡泡纱的裙子，在红白相间的美丽上面，染了一块斑。

"文革"是令人惊恐的对比色：黑白相间，间有血色。

文化革命

那时我在小学，马上就要毕业考了，老师找我谈话，说是全校准备保送两名学生，其中有我。我并不怎样兴奋，认为理所当然。我的确是个好学生。有许多的奖章奖状放在我的抽屉里，学校如有国庆少先队队列、给领导人和外宾献花等任务，必是我无疑。

但是忽然有一天晚上，听到播音员极其慷慨激昂地朗诵了一张大字报，于是一切都不同了。小学"停课闹革命"的通知着实让我们兴奋了一阵。我骑着家里那辆飞鸽牌二六女车，到各大专院校去看大字报，铺天盖地的一片白纸黑字，杂有血红的大×，真让人惊心动魄，看到1966年的12月，也许是天凉了，也许还因为别的什么，我再不愿出去了。每天猫在家里，画画。

看了一部电影《清宫秘史》。那时有句话叫作"毒草可以肥田"，为了《清宫秘史》差点出了人命，蜂拥而入的人群把一收票的大学生踩在了脚下。可是看过之后也不免失望——不过是普通的黑白片，对白依然像30年代的片子那样咿咿呀呀的尖声，周璇看不出有多么漂亮，将就着看完了，只记得光绪皇帝的一句话："得人心者得天下，失人心者失天下。"

黑龙江

黑龙江给我留下的最强烈的颜色并不是白的雪，而是金红色的霞。之所以泛称霞是因为包括了早霞和晚霞。

常有人表示怀疑："你也去过兵团？"我说岂止去过，我是真正在最底层，干最苦的差事，对方依然满脸疑惑。——这疑惑并非因为我显得多么年轻，而是我身上缺乏某种痕迹，某种那个时代特有的痕迹。这种缺乏大概因了我与生活本身的一种距离感，它来源于我的性格——我似乎从小就是个很自闭的孩子。

但这并不妨碍我得到生命中的许多外部经历，甚至是濒死经历。譬如有一回，我躺在一垛麦秸后面睡着了，康拜因（联合收割机）呼啸着开过来，我竟没有听见，多亏了那驾驶员鬼使神差地突然想上厕所。——5团就发生过麦收时节轧死知青的故事。又如在东北11月的风雪中下到冰河里捞麻,在零下52摄氏度的气候里去做颗粒肥,在那种严寒中没有煤,井台封冻没有水,因此连涮尿盆的水也有人喝,夏锄时因为常常被落在最后,所以总是饿着肚子干活(老牛车送饭只到人最多的地方),在那样的劳动强度下,16岁的我不知道是怎么过来的。

农忙的季节,清晨4点就要出工。天还黑乎乎的,大家就像一群胡羊似的,呼噜噜跟着,扛着锄头,低头打瞌睡。可是忽然之间眼前一亮,黑暗忽然托起一轮金红色的灯盏,那样一颗又圆又大又红又亮的灯盏!不是慢慢升起的,是忽然出现的,以至我每天都有了这样的错觉——这是神祇的启示,可能有什么意外的事要发生了。

那时的每天都在盼着意外,但是一天天都在平淡中度过了,从早上挨到晚上,都是一样的金红色,但是晚上,那是烧尽了的灯盏,烧成了碎片,铺得满天都是,让人觉得惨烈。

于是心里轻轻地一声叹:"一天又过完了。"

丙辰清明

丙辰清明的色彩是铅灰的。

那一段时间,天空总是呈现出一种枯澹的铅灰色,那种灰干得拧不出汁水,你不敢久久地凝视它,不然的话眼泪就要落下来。

那时我在北京的一家工厂做刨工。三班倒,我倒成了夜班,白天便一天一天地泡在天安门广场。清明前的两天,广场的气氛已经相当强烈了。有一个人,戴着眼镜,在纪念碑的石台上教唱怀念总理的歌。大家跟着唱,后来他又指挥唱《国际歌》。周围的人,有人一眼看上去就像是地道的北京小痞子，可就是他们，都一脸严肃地在唱，让我忽然深深地怀疑：小流氓、小痞子，是不是真的存在？那一天下着雨，下了一天雨。雨水从每个人的头发上淌下来，又流到脸上。脚下站久了，被雨水浸泡得冰凉，可是谁也不动。每个人都是一尊雕像，不可侵犯的。那是一次天国里的合唱，乱了阵脚的风是迟到的音乐。我的眼睛被风吹得发酸，终于，眼泪艰难地流了出来，我悄悄地看别人，好像每个人都在流泪。幸好有雨，可以及时地冲刷泪水。那天的雨好像特别凉，简直寒冷彻骨。

多少年之后我的印象中还有这样的画面：铅灰的天空下，有无数个灰色的凛然不可侵犯的雕像。

那一天是丙辰清明的前一天，1976 年 4 月 4 日。

大学

大学留给我的印象是淡紫色的。有一架很茂盛的淡紫色的藤萝长久地留在我的记忆里。

月光下那架藤萝是美丽的。藤萝的淡紫色在月光下变成梦一样虚幻的色彩，仿佛轻轻一碰，就会像空气一样消融，然后飘逝。这是一种可以自欺和欺人的色彩，年轻的大学生们，就在这架藤萝下制造了无数爱情的陷阱——学财政金融的学生一样可以有浪漫情怀。

如果有人在夜晚的藤萝架下对我说"我爱你"，而且当时的月光是美丽而寒冷的，那么我一定会脱口而出："我也爱你。"

可惜没人对我说过。幸好没人对我说过。

倒是一位老师，教基础写作的老师在藤萝架下对我说过："你为什么不写作呢？你是个潜在的作家。"这位老师曾经在大一的时候出过一次作文题，给全班 39 个同学"良"或"中"，只给我一人得优，并洋洋洒洒写了一篇可以作为评论的评语。

我的写作是从大学开始的。

写作

后来才知道，文字也是有色彩的，于是才有了对于文字的迷恋。写文章的时候，每个字都是要推敲的，既然是"码字儿"的，就要把字码好，譬如画写意画，每一笔似乎都是不经意的，但是墨色的浓淡、笔锋的侧逆、留白的空间、总体的布局，都是十分的讲究，一个败笔都会影响全局。

早期的作品是一种单纯的颜色。新鲜，而又纯粹。自以为是美丽的。因为纯粹，所以强烈；因为强烈，所以刺激。那一种纯粹而强烈的感情是最容易引起别人一掬感动之泪的，还真是这样。《请收下这束鲜花》《河两岸是生命之树》就因为单纯得特别，所以被许多人接受了，那时，我把这种接受看得很重。

慢慢地，感觉到了中间色的神秘与迷人。那些迟到的流行色都是中间色。铁锈红色、橄榄绿色、金棕色、银蓝色……色与色之间的过渡是一种高深的艺术。而一开始这种过渡也许是无意的，譬如我们画油画的时候，钴蓝和钴黄偶然碰到一起，忽然变成了一种说不出的绿，既不是翠绿墨绿也不是碧绿苹果绿，那样的绿色非常神秘，仿佛只要细细地看，便能从中看出数不清的颜色似的。于是又想起歌德的《色彩论》。歌德久久地看着一位红衣女郎，而女郎起身走后，她身后的白色墙壁却留下了一片美丽的海水绿色……那便是"补色"。在绘画中，补色原理十分神秘，而在写作中，为什么不能运用补色呢？

从《对一个精神病患者的调查》到《双鱼星座》《迷幻花园》等等，便是中间色的作品，本来并不是要刻意追求什么，偶然有些想法交叉了，便构成了新的色彩，变成了多义性，变成了一种说不清道不白的东西。那是一种最让电子时代恼火的多义性，这种模糊和多义是最不可模仿不可"克隆"的，因此在这个复制的、代用品的时代，成了孤家寡人，遭人痛恨。

但我并不想就此止步，在正在写的小说里，我在尝试神秘的补色。不是刻意，刻意就没意思了。复杂到了极致便成为简单，单纯的墨可以分出五色，每一个字都可以达到意外的效果。

写作，是意外的不可言喻的色彩。

休闲

前些年看法国电影回顾展，记得有一部电影叫作《资产阶级审慎的魅力》，内容是什么已记不大清了，题目却记得牢牢的。用"审慎的魅力"这个怪怪的定语来形容我的休闲方式，竟是十分的贴切。

有好些日子没有找到那种安静而单纯的快乐了，居所的周围似乎永远在施工，污染、噪音、拥挤的车辆和人群渐渐把我的空间挤压得越来越小，独自一人写作的时候，常常感到一种莫名的压迫和侵蚀，觉得自己和自己的蜗居有如汪洋中的诺亚方舟，是否会颠覆完全要靠上帝的意旨，而个人是无法左右的。

终于有一天，小憩醒来，到报摊上买报纸，忽然发现楼前的树和草坪绿得特别，那是一种金绿色，是新鲜的阳光照在新鲜的植物上的感觉，那一片金色的绿就像莫罗油画里莎乐美戴的金绿色宝石一样，透明，而又神秘，荡漾着一种潮湿得让人感觉到膨胀的气息。有多久没有这样的赏心悦目了啊。于是在草坪的石凳上坐了下来，看报纸。照在身上的阳光又新鲜又暖和，拿着报纸的手指泛着淡淡的绿色——我知道自己是笼罩在绿荫下的，报纸成了道具，反复地看，为了在石凳上坐得更久些，在那一片新鲜而浓烈的金绿色里，我的心静如止水。

从此之后，这便成了每天的节目。好在报纸是每天都要买的。周一和周四的《足球》报，周二的《中国足球报》，周三的《体坛周报》，周五《足球风》以及什么《体育文摘》《当代体育》等等，清一色的足球消息。我喜欢足球，喜欢李金羽那灿烂的笑容，那是从心里发出来的、没有任何矫饰的笑，就像那个美国男孩一样的，我不知他能把这笑容保持多久，更不知中国足球是不是能为世纪末的色彩，半添一道亮色。

偶尔也抬眼看一看遥远的街市，那些日益增多的交通工具，在路口拐角处，不得不增设了一道红绿灯，但就是这样也阻挡不住那些爆满的车流人流，用横行霸道蛮不讲理的姿态，塑造出一个又一个人为的街景，美丽而火爆。但那是一种与我不相干的美丽。我知道自己只能把眼睛收拢来，感受这一小片珍贵的绿色，在这个日益现代化的城市里，这真是一种近似奢侈的享受了。

就在《足球》报以醒目的大标题赫然印出"李金羽头槌定音"的那一天，我的绿地也赫然挖出一道壕沟。我知道，我的具有"审慎魅力"的休闲方式就要结束了。施工的工地终于攻进了我最后的停泊地，下一步，或许就是砍掉那些亭亭如盖的树，搭起工棚，扬起一片钢筋混凝土的粉尘，与街道上的含铅汽油混为一体。

天空的颜色已经很不单纯了，夜晚极少能够看见星星。不久之后，那一小片硕果仅存的金绿色也要消失——起码要蒙上一层灰，才好与这个城市的其他颜色协调。唯一的办法是，趁它还没有彻底消失的时候，抓紧享受，于是这两天休闲的时间骤然多了起来，每天下午4点来钟的时候，一定有一个古怪女人坐在绿地边的石凳上，没完没了地看报纸，直看到夕阳西下，薄暮降临。

那一片豪华的金绿色是在有太阳的时候才出现的，最好是在雨后，农历五月的日子，并且没有风。

吃

最早的关于吃的记忆是在交通大学的那间平房里。傍晚，一缕阳光斜斜地照进来，妈妈把她嚼碎的炸馒头喂给我——现在想想也要恶心，那时却吃得又香又甜。若干年后我偶然看见一只母鸽子喂小鸽子的情形，也是同样的方法，不过小鸽子是一群，而且特别主动，那母鸽子的嘴被撕得鲜血淋漓，令人感叹母爱的伟大。

小时候口味倒是不高。喜欢吃炸馒头和煎鸡蛋，特别是那种溏心蛋，稀稀的蛋黄被薄薄的一层蛋青透明地遮蔽着，只消用嘴一喏便可把蛋黄吸入口中，那一种特殊的香味令人回味无穷——至今我仍喜欢吃溏心蛋，虽然报纸上一再警告半熟的蛋不符合卫生要求。

再就是白馒头蘸花生酱，百吃不厌。那时的花生酱味很醇正，加上自家蒸的白馒头，热腾腾的一顿能吃一两个，人便也长得像白面馒头似的。后来的花生酱越来越变味了，现在终于连购货证上的每月二两也不见踪影。但据说仍有正宗的花生酱存在，不过是价钱比那时高出十几倍而已。

那时的价钱实在低得惊人。新鲜黄花鱼只要三四毛一斤，且有人送货上门。那人叫老于（不知是不是这个于字，但我想可能不是卖鱼的鱼），按现在说法大约是个体鱼贩子，每隔一两天总要搞些鲜鱼来卖。我家祖籍湖北，有吃鱼的传统，外婆又是做鱼里手，因此在六七岁之前没断过吃鱼。尤其爱吃鱼眼。小时候我比一般小孩的眼睛更明亮，外婆便说是因了爱吃鱼眼的缘故。也怪，从不注意保护眼睛，几十年如一日地在昏暗的灯光下躺着看书，视力却永远是 1.5，戴眼镜不过因为感光组织过于敏感——这样的眼睛让人害怕，好像除童年爱吃鱼眼之外别无解释。

最想去的是广济寺的"居士林"。外婆是佛教徒，一个月总要去做两次佛事。对我们来说，那真是快乐无比的日子。因为佛事之后便是素斋。无非是些素鱼素肉素鸡之类，统统都是豆制品，但做得精致，且因小孩们总是吃别人的东西香，所以姊妹们想起那素斋便馋涎欲滴。到了"三年自然灾害"的时候，每每为此争得打架——因为外婆每次只能携带一人，自然大姐被优先考虑，我和二姐则败北下来，一个吼声震天，一个哭声动地。

"三年自然灾害"期间平添了许多票证，包括"高级点心票"。所以那时有"高级点心高级糖，高级老太太上茅房"一类的童谣，显示了吃不起高级点心的孩子对吃得起高级点心的孩子的仇视和轻蔑。按照父亲的职称，自然也享有高级点心票。但家里僧多粥少，总是不够分。现在没人理睬的玫瑰酥皮点心也是俏货。只有一次香甜地吃足了马蹄酥，并为此生了一场病。病中，妈妈和外婆轮番回忆起她们当年爱吃的东西，让我忽然觉得世界是那么美好，竟然有那么多我从没吃过、并且完全无法想象的东西。譬如妈妈说，她小时候爱吃一种叫作羊角蜜的点心，咬一口，蜜汁便顺嘴流。外婆当然更加博大精深——她年轻时曾掌管着一个大家族——仍能准确无误地报出许多菜名及其做法。而且因为外公过去在铁路上做事，有一些洋人朋友，外婆甚至懂得一点西餐。譬如汉堡牛排、罗宋汤什么的。后来我忽然惊奇地发现妈妈外婆和我一样喜欢画饼充饥——人类自欺的本能无所不在——她们在谈吃的时候眼睛闪闪发光一点儿也不亚于我眼中的光芒，这种谈话最后总是在长叹一声中结束，然后眼中的光便熄灭了。但外婆，还一定要有一个撇嘴的动作，伴随着一声："哼，现在！……"每逢这时父亲也要重重地哼一声，以表示对外婆不满的不满。他是坚信社会主义必定胜利，共产主义必定来到的。

自此我竟很喜欢生病。喜欢在病中咀嚼那些想象中的美味。应该说，自然灾害的影响对我家来说并不大。不过是有时在白面里裹上棒子面，名字也起得很好听，叫作金裹银。偶然地，也和邻家小朋友一起去采槐花、摘榆钱儿什么的，也吃过榆钱儿蒸的饭、马齿苋包的饺子，不过像是调换口味而已，终归没有觉得厌烦。隔壁同岁的男孩小乖却没有我这么好的运气。每天都要去挖野菜，有时还能挖到蘑菇——不过大多数时候挖到的只是一种像蘑菇的东西，叫作狗尿苔。

然而比起东北兵团来，这一切也就算不得什么了。在兵团五年，只吃过一次米饭炒菜。那是在刚去的时候，连里开恩放了一天假，于是大家纷纷去德都县城照相，中午就在那儿找了个饭馆。东北的大米一粒粒的透明而香糯，口感特别好，吃这样的米简直不需要什么菜。那菜不过是肉片青椒和酸菜豆腐，都切得像东北的一切那样硕大，我们在苍蝇的嗡嗡声中喝完了最后一口汤——那一种回味整整延续了五年之久。连队的伙食永远是菜汤馒头。有时因为伙房打夜班碰翻了煤油灯，菜汤里便充溢着煤油味。馒头常常是发了芽的麦面又黑又黏。实在熬不住只好装一回病，吃一碗病号饭过过瘾。所谓病号饭，不过是擀点面条用酱油一煮，加点葱花味精而已，但在那时却是我们的佳肴了。

自然也有打牙祭的时候。有一回家里寄来了腊肉，正巧有黄豆和土豆，就把土豆用灶灰烤了，满满地煮了一锅腊肉黄豆汤。七八个人围在火炉边，每人手中拿一把小勺，加了酱油膏和味精，当第一层鲜亮的油珠浮起来的时候，勺便纷纷落下去，这一下，宁肯舌尖烫起泡也不再撒嘴了。这样的夜晚常常停电。灯光骤灭。窗外的冰雪便一下子变得很亮。有很蓝很蓝的雪花悠悠地落下。嘴里仍荡着腊肉的余香，整个人变得软软的很容易出现幻觉。于是大家开始在黑暗中讲故事，讲各种美好和恐怖的故事。后来，火熄灭了。故事也讲完了。就仰头看天花板上一串串的冰挂，在黑暗中可以把它想象成水晶玻璃大吊灯，就像人民大会堂宴会厅里的那样。

　　二十多年过去了。这样的故事以后不知是不是还会再有，但肯定有别的故事继续着。各地的风味菜实在吃得不多，能吃中的就更少了。大学期间去过一次上海，曾经为城隍庙的小吃着迷，但日子一长，什么也没留下。倒是1984年去厦门吃中了那里的肉燕汤。所谓肉燕汤，是瘦肉磨成细粉，雪白的卷起来，烧菜做汤都浓浓的十分鲜美。朋友们特意送我一些带回，却无论如何做不出那种味道来。1986年去武汉，有湖北佬介绍三种风味：四季美汤包，老桐城豆皮，小桃园煨汤。果然不错。尤其是小桃园的鸡汤，用一个个小瓦罐煨成，真正原汁原味，纯白得像奶。喝起来浓香扑鼻，回味悠长。豆皮也好。只有汤包因油汁过多，分不出甲鱼馅还是香菇馅的了，味道一律鲜美而已。前年去西北，发现发菜是一样好东西，便买了一包回来，却不知怎样吃，仍在那里放着。人说"吃在广州"，近几年更是听说广东人"长腿儿的除了桌子椅子不吃，带毛儿的除了鸡毛掸子不吃"，真可谓登峰造极了——不过我去广东却没能吃上什么。只在深圳吃了几次鱼粥，因为价钱奇贵，已经觉得很奢侈了。最实惠的倒是那次去成都吃的川味火锅。什么黄鳝、泥鳅、毛肚、百叶、猪脑等统统涮将进去，最神奇的是那种调料,简直是鲜香可口的"厨房杀手",能活活让人吃得撑死也放不下筷子的。

不知从何时始,大家的嘴越吃越刁。各种饭局以各种名目存在着,且规格越来越高。最后终于物极必反有了四菜一汤的规定。但菜少也有菜少的吃法:基围虾、铁板鹿肉、红烧鲍鱼、扒熊掌、鱼翅汤也是四菜一汤。不过吃多了,吊人胃口的美味也会变得味同嚼蜡。于是美食先锋派们又开始返璞归真,什么扎啤、二锅头,什么粉条炖猪肉等等又成为一种时髦,犹如西方贵族们开口便是"waiter"一般,透着身份的不凡。有一位经理朋友请吃粤菜,三个人叫了十几个菜,自己只吃一小碗鱼翅汤,当然,是一百四十五元一碗的。我猜他的胃大概已经接近凝固,只有液体才能渗进去了。

丈夫去国半年,回到家中,我用一碗清汤面接风。他几口吞下,连叫好吃,说是半年没吃过可口的饭菜。我对这种说法却深表怀疑,直到前不久有一次一起出去买东西,中午在王府井的麦当劳吃快餐。倒真是快,且又干净舒适,只是口味实在不习惯。丈夫要了巨无霸、麦香鸡、炸土豆条、热巧克力和菠萝冰激凌。麦香鸡是女士吃的,秀气些,看着倒是很漂亮,新鲜面包里夹着浅粉的炸鸡肉饼、碧绿的酸黄瓜、嫩黄的生菜、雪白的奶油,连上面的芝麻也透着新鲜干净,及至一吃,却吃出一股怪味,提出质疑之后,丈夫肯定地答复我说,据他在美半载之经验,这确是地道的美式快餐,与美国本土所吃一般无二。只好又换来巨无霸,又觉得有股膻味。喝口热饮还有酒味,于是大呼上当。丈夫幸灾乐祸地说,看来你只适合在国内生活,你就老老实实待着吧!最后我只好吃冰激凌。美国的冰激凌确实很好吃。

后来侍者换了一支曲子,是小提琴曲,冷冷清清地流动着。我和丈夫都不再说话。透过剔花的窗帘可以看到大街上熙熙攘攘的人群。防寒服构成一块块鲜艳的颜色。不知为什么忽然想起许多年前躺在床上生病的时候，那时头一回听说世界上有一种叫作汉堡牛排的美味。现在真的不知道什么叫作美味了。我相信吃遍世界也不会再有比那一锅腊肉黄豆汤更好吃的东西。那一个冬天的晚上，有蓝的雪花静静地飘落。

穿

十七岁之后便没让家里买过衣裳。

说起来很骄傲的，其实也有种隐隐的心酸。比起那些受母亲宠爱的孩子，我似乎一直是个不受待见的"辛德瑞拉"。妈妈最后一次带我买衣裳，是在我去东北兵团的前一个礼拜。像是生离死别似的，家里忽然对我慷慨起来。使人想起当年武都头在死囚牢里忽然得了一顿好酒菜款待。我却缺乏他"临死也要做个饱鬼"的气魄，眼睛瞟着那时最昂贵的宽条绒，手却只敢怯怯地指向价钱最低廉的那一片。虽然价廉，却力求物美，加上还有一点私心：在蓝蚁之国中悄悄显出一点特色，既不能被人骂，又要与众不同，这便十分地难了。

几件衣裳竟买得十分可心。加起来不到二十元钱。两件衬衫，一件白底银灰条纹，一件雪青色带蓝、绿、黑三色图案，自然都是布的，雪青色那件大概还是三寸布票一尺的布。最喜欢的是那件线呢两用衫：有黑白蓝三色的小格子，都是凸起来的，在那个时代，这也算是很奢华的了。因为有了这几件衣裳，悲伤的心情也退去了几分似的。五年之后，除了雪青色衬衣在夏锄时被汗水泡糟了之外，其他衣裳都完好无损。

从不固定地偏爱某一种颜色。很小的时候，因为一件豆青色核桃呢的罩衫十分漂亮，便很长时间都喜欢豆青色，而且还要那种凹凸不平的手感。特别喜欢母亲年轻时的那一些旗袍。有一件梨黄色乔其纱的，上面散散碎碎绣着鲜红套银边的小六角形，像一颗颗红宝石闪闪发光。有一件西洋红的，是软缎毛葛，上面绣了珠灰和淡青的兰草，那一种柔和婉妙的色调，真是别有一番味道。又有一件纯丝的，是白黑蓝绿四种提花，据说是母亲婚前做的。母亲家先前是个大家族，因为战乱和别的缘故，败落了。但所谓"船破有底"，破箱子里仍留着几件衣裳首饰，于是"倒箱子"便成为我们姊妹童年时的一件乐事。自然也要试穿一回的——趁母亲高兴的时候。只是那时穿着十分不合适，就是大姐穿也要长及脚面，于是只好站在床上穿，胸前再满满地塞上两块手绢，便自以为漂亮得像公主了。

说起来小时候倒是常常做公主、王后一类的游戏，组织者是隔壁的一个大女孩，我们唤她做"七姐"的。她很能干。大院里二三十个孩子她能召之即来，呼之即去。不知为什么她每每定我为公主。我倒是很乐于当。因为可以戴七姐家的漂亮首饰，包括一种十分精致的骨质手镯和沉甸甸的玉石项链。七姐还要亲自为我梳头——梳十七根辫子，大约扮的是阿拉伯公主，然后所有的女孩子都化了妆，轰轰烈烈地拥着我，从少年之家一直走到靶场。我们这种壮举连大人们也爱看的——那是六十年代初的事。

七姐家自然也是大户，也有些库存的。七姐的母亲宗太太也很不俗——那时母亲她们仍然互称太太，都是一此家庭知识妇女。有一位钱太太虽然嫁的是二级教授，但因为没有学历，而且过去做过舞女，大家便瞧她不起。当时我最喜欢的是一位做绢人的张太太。她的先生是那时交大图书馆的馆长。她念过大学却一点没有学究气，十分的文雅，又待人和气，做的绢人精妙异常，是专门供出口的，后来我无论在哪儿也没见过那样的绢人。有段时间我常常去她家学画，每次都是一盘小点心，间或还要弄些莲子羹之类的。还总是怕怠慢了我——她好像总是小心翼翼地对待任何人。她的服饰总是美得意外。譬如一件黑丝绒旗袍，领口上一定要有一枚水晶饰针；米色东方绸大襟饰罩就要配上黑底红花丝质披肩；夏天常穿一套白色麻纱衫裤，那种半透明的白穿在谁身上也要脏，她穿着却是纤尘不染。配上那张秀美的化着淡妆的脸，很有一种特殊的韵味。所以小时候我一见到张太太，便盼着自己快快地长。这大概便是我最早的资产阶级思想了。不过即使在"斗私批修"的高潮中我也没把它亮出来说给人听。

母亲年轻时偶然也妆扮一下，总归没有旧照片上的漂亮。挨到"文化大革命"，就更素气了。旧照片也被大姐绞碎从下水道冲走。张太太被抄了家，第二天便投河自尽了。据说抄出了钻戒和紫貂。奇怪的是当时人们都很麻木，这样的消息一点不能引起轰动。外婆急忙把镀金佛像收了起来。其实据我观察，革命的大姐未必会将这些物什上交。

后来发生的一些事果然证实了我的推测。十七岁那一年从兵团回家探亲，正当"花季"，市面上却仍是一片萧瑟。好不容易在王府井找到了一家"益民商店"，专门卖出口转内销服装的，这地方立刻成了沙漠里的绿洲。我在兵团月工资三十二元，每月七元饭费，五元零花，还要剩下二十元。寄了一些给家里，手上还剩了百十来块，也算是当时同龄人中的"大款"了，便毫不吝惜地花在穿上。先是花九块多买了一件的确良花衬衫，淡绿上有古铜色细致图案的，众人都说好。紧接着又买一件长丝的确良绣花短衫，商标上俨然绣着"精工巧制"和"Made in China"（中国制造），十四块钱，因为太奢侈，只好把它锁进柜子里。直到1978年上大学的时候才拿出来穿，依然很显眼。后来又有一件毛衣，浅黄的，袖口和下摆有同样的咖啡色大花，在那个年代该算是非常特殊的了。好像是二十多块钱，我在柜台前转来转去，心痒难熬。终于没有舍得买，却又忍不住对邻家的女孩说了。谁知那女孩倒是个有心人，悄悄买了来。终于在我十八岁生日那一天，得到这样一件珍贵的礼物。那时买的衣裳结实得奇怪，怎么穿也穿不坏。——一直到去年，才给了做小时工的阿姨，还像刚买了一个月似的。最后一回去益民商店，是在 1976 年大地震之后。当时都在外面摆摊卖衣服，且一般都是一次性甩卖，价钱低得惊人。有件黑色连衣呢裙，镶威尼斯大花边的，只卖八块八毛钱，因售货员说我穿可能会小，略一踌躇的工夫，便被另一女士抢走，为此我后悔了好长时间。但当机立断亦有后患——有几件衣服便是不顾后果蜂拥抢来的，后来实在是穿不出来，又重新改造设计过，依然无效，只好送了人。还有一件黑色女士呢斜裙，腰太细而下摆太宽，还很容易沾毛，之所以决定买，完全是因为那售货小姐的妩媚笑脸。所以丈夫讥我若去了西方肯定会破产——那裙子还在箱子里搁着，送都送不出去。

时装和流行色不知什么时候开始涌了进来。头一回看皮尔·卡丹设计的时装，还真有点儿看不惯那些光头皮的塑形模特。许多人的审美趣味接受了严峻的考验。过去有"红配绿，看不足"和"红配绿，赛狗屁"的说法，无论是"看不足"还是"赛狗屁"都是极端。中国缺乏中间色。而流行色恰恰以它非黑非白、非此非彼的色彩悄悄散发着魅力。赭石色，淡金色，橄榄绿色，银蓝色……正是色与色之间的过渡，构成了神秘的不可言说的美。

心里终归还记挂着那几件旗袍。有一次，趁着"倒箱子"的机会，怯生生地向母亲提了要求。因想着那件西洋红的实在漂亮得不敢要，便舍而求其次，要了那梨黄的，母亲答应得倒很痛快。谁知觊觎者并不止我一人。待那旗袍到我手里，已变成了一件大襟短衫。我惊得说不出话来。真不知是谁竟能狠下心来剪断如此美丽的旗袍，早知如此，我宁肯不要。面对那伤残的旗袍我哀哀地哭起来，照例被母亲视为乖戾。后来才知道，原来大姐已抢先要了西洋红旗袍并剪去梨黄色的一半。——那时她已去了三线工厂，已经对当初"破四旧"的行为表示悔恨了。

为了补偿，母亲又将那丝旗袍给了我。如同捏了一团火似的，把旗袍收进箱子里，心里仍装着"西洋红情结"。直到几年后朋友从上海给我带来一件真丝双绉的衣料，那颜色恰恰合了梦中的西洋红。做成一件连衣裙之后效果却并不怎样好，洗了几水之后就更差了，从此不再想这种颜色。至于那件丝旗袍，直到结婚之后才穿过一回，丈夫却并不认为太好。且领口已经小了，只好用一枚领针别起来，到底没有张太太那般的风韵。

玩

如今"玩"的含义比任何字眼都广。玩政治玩文学玩股票玩房地产，什么都可以一"玩"蔽之，玩可以掩饰一切目的，且透着轻松洒脱。

而"玩"字本来的意义却很单纯——我正是从这单纯的意义上来谈玩的。

一听大人说声"玩去吧"，哪一个小孩不像过年似的？小时候，特别是弟弟尚未出生的那几年，我可以说是嗜玩如命。

有些方面我的胆子大得出奇。譬如说，爬树、爬墙、偷花之类。春秋之际，特别是春天，交大的整个校园都姹紫嫣红起来。榆叶梅、干枝梅、桃花、杏花、梨花、丁香、迎春……甚至牡丹、芍药，枝枝火爆。每当月亮出来的时候，我和邻家的女孩玲玲便悄悄踱到校园里，见到好花便悄悄采一枝。最后集得一束插进自家的花瓶中。不过这是要冒极大风险的。首先是两道门岗，有时校卫队还要夜间巡逻。有一回掐梨花正好碰上巡逻队，我俩不约而同地各自爬上一棵梨树，也许是因为太紧张的缘故，一枝梨花恰巧落在一位师傅的脚边。我吓得气也不敢喘，那一分钟好像持续了一个世纪——终于，没有发生什么。雪白的梨花在月色中有一种温柔敦厚的感觉，回家后在灯下则是透明的，而且靠近根部的花瓣透出一种淡淡的绿，所以看上去像是玉石的杰作，又有一种玉石所没有的香气，静静地在屋中弥漫开来。不过赏花已照例不是我的事，我的全部乐趣都在那历险之中，当然，回家之后还往往难逃一顿臭骂。但那花的美遮蔽了一切，很快大家便陶醉在那香气之中而不再追究我的罪行。

特别喜欢下雨，喜欢看雨后的虹，更喜欢捡雨后的石子。那时的交大还没有柏油路，路上的石子便被冲刷得流光溢彩。一群群穿开裆裤的小屁股撅得像白蘑菇似的，每个人手中都拿着个小玻璃瓶，石子装进去用水泡起来，果然很好看。有时甚至能捡到矿石。姐姐便捡过水晶和云母，我也拾到过一种闪闪发光的石头，大家都说是金矿，我便用玻璃盒子装了做"标本"，后来终于不知去向。

上学之后女孩们都爱玩跳皮筋。跳皮筋时唱的歌谣也有一番历史的演变。姐姐那一茬人唱的是：小皮球，我会跳，三反运动我知道，反贪污，反浪费，官僚主义也反对！而到了我们，则变成：小皮球，香蕉梨，马兰开花二十一，二五六，二五七，二八二九三十一！这个歌谣唱了很长时间，并行不悖的还有：党中央发布总路线，全国人民总动员，鼓足干劲争上游，多快好省加油干，我们要做促进派，最响亮的口号是干干干，干！……更有用电影插曲套的：一束红花照碧海，一团火焰出水来，珊瑚树红春常在，风波浪里把花开……无论套用什么样的歌谣，女孩们都跳得兴致勃勃，即使在冬日的寒风中，女孩们也像翻飞的树叶似的活泼泼地飞舞——那时的衣着确实很朴素，因此不能用什么特别鲜艳的物质来形容。

"文化大革命"对许多人来说是一场噩梦，可对我们这些当时的小学生来说，则充满了一段稀里糊涂的美好回忆。首先是"停课闹革命"，这消息令我们欢欣鼓舞。起先还关心着国家大事，诸如骑车上各大专院校看大字报之类，也曾随大孩子们一起破过一天"四旧"，后来新鲜劲儿过去了，终于不耐，便玩开了，一玩就是两年。那一天"破四旧"是在对门赵太太家。赵先生是二级教授，赵太太又很会为人，因此平时很受尊重的。那一天进得门去，本来小将们很有气势，不想有人太急于建功立业，没看清楚便上去一把撕了一张彩色画像——那人身着帅服，浓眉细目，大家定睛一看，竟是堂堂林副统帅，顿时小将们矮了半截，赵太太轻描淡写地说了几句，反守为攻，小将们军心已乱，不再恋战，赵太太见好就收，及时鸣金收军，双方都很体面。我们这些小萝卜头见破四旧十分无趣，便不再加入战斗。

那时主要玩一种"攻城"游戏。在地面上画好方格，方格核心是一圆圈，A方守城，B方便攻城，武器是一装着小石子的布包，B方如能绕过A方防守将包扔至圆圈，B方赢，如B方三次机会均失，也就是说，A方三次防守有效，则A方赢，双方互换。这游戏玩起来很着迷。我却仍然是输。后来发现凡是有规则的游戏我一般都输，却比较擅长某些带有冒险性质的创造性活动。大约智力发展很不全面。另外仍常常去"下坡"，那里的荒草园早已变为一片绿地，夏天的夜晚再没有萤火虫飞来飞去，但那条小河仍在。尽管河水不再清亮，也没有白鸭浮游，雨后却还可以拦鱼拦虾——是极小的鱼虾，可以养，也可以吃。用面粉拌了炸成丸子，蘸上盐和胡椒粉，味道很香。

十六岁不到去了东北兵团。冬天气温常在零下四十摄氏度以下，冰天雪地，且一年四季都有活干：春天踩格子，夏天铲地，秋天割麦子，冬天做颗粒肥，没有闲下来的时候，与"玩"似乎绝缘。但第二年我便想出了新玩法：秋收时可以把马号的马牵来帮助攒场，于是我便借此机会天天牵马。日子一久，诸马都与我相熟起来，尤其是一匹瞎了一只眼的马格外老实。我便趁着午休时间悄悄把独眼马牵到最辽阔的八号地，企图从骑它伊始，最后达到纵横驰骋的境界。谁知一开始便惨遭失败：我好不容易踩着一块石头翻身上马，后面便忽然雷鸣也似的大吼一声：干什么哪？给我下来！我全身一抖，棉胶鞋正踢在马屁股上，独眼马疯了似的狂奔起来，我在颠得骨软筋麻之后被毫不犹豫地甩将出去，那一刹那真的有天地倒悬之感。第二天，连长在全连会上大吼大叫：连里三令五申不让骑马，可偏偏就有人违反规定！还是个丫头！平时看着蔫不出溜儿的，敢情蔫儿人出豹子！蔫萝卜辣心儿！……

真是"创伤深重欲笑不能，年龄不小不便再哭"。玩的历史遂中断。

直到去年，家里买了游戏机，原是陪儿子玩的，谁知渐渐入迷，自己也非常投入起来。《魂斗罗》能玩到出一身汗，和儿子互相拍着肩膀大叫"好兄弟"，互相埋怨起来更是遭到丈夫的讥笑：这哪像母子，分明是姐弟俩！终于无奈地发现七岁的儿子的反应要快于我，当然，他也常常要赖皮，譬如玩《赤色要塞》时，开花雷都在固定位置上放着，谁吃了谁的子弹便增加杀伤力。他便不管怎样，一律不让我吃，并且在双人对抗的游戏中儿子有个不成文的规定，那就是我只能输不能赢，否则便要闹将起来。我只好为了和平共处而采取绥靖政策。想想童年时越怕输越要输，现在总算没有怕输心理了，却又要被迫输掉，真真这辈子没有做胜者的指望了。大约自古来的游戏便有两种：一是讲究游戏规则，二是成者王侯败者寇，只要赢，不择方法手段。我想，如果有人能把这两者结合起来便该是高手了。可惜我不能。看儿子的罢。

佛事

过去老人常说，小孩儿的魂儿是飘忽的，不固定的，会常常被莫名其妙地吓坏，所谓"魂不附体"是也。故而有了给小孩儿"叫魂儿"一说。六岁那年，我也曾有过那么一回劫难，吓坏我的，竟是大慈大悲的佛祖。

外婆是个虔诚的佛教徒。小时候，我和她同住一间房。每天在龙涎香的气味和木鱼的音响中沉沉入睡。一切都是那样神秘。尤其让我好奇的，是那座高大佛龛上用红布罩着的玻璃匣子。据说，佛祖释迦牟尼便端坐在里面。外婆将那佛像视同生命一般，以至我活到五六岁也不曾与佛祖有一面之缘。几次想揭开那"红盖头"看看，不知为什么心里总有点怕。

偏我小时又多病多灾，常常莫名其妙地生病，加上特别胆小好哭，性情孤僻，极不讨大人的喜欢。外婆拜佛时常说："我在他老人家（她永远称释迦牟尼为他老人家）面前求一求，为你消灾延寿。"我却并没有因此好起来，暗暗地怀疑外婆是不是真的为我祈祷了。因为我太知道我们姊妹几个在外婆心中的座次——这大约是每个孩子与生俱来的敏感。

满六周岁的那一天外婆忽然发了慈悲，说是要带我去广济寺做"法事"。"求求他老人家保佑你消灾延寿。"外婆说。我心中暗喜。因为我知道法事之后照例有一餐"素斋"伺候。以前这种好事都是被两个姐姐垄断了的，我对此向往已久，因此那一天便早早起了床。

外婆早已梳洗完毕，用刨花水把头发挼得油光水亮，发髻上别一支雕花骨簪，利利索索一袭黑色香云纱旗袍，闪闪烁烁一对珍珠镶金耳环，衬出雪白的脸和两道线一般纤细的眉——我相信外婆年轻时定是个美人，不仅漂亮还十分精干，当时外婆虽已年逾花甲，却依然是家里的"大拿"。每天早上都是头一个起床，做早饭，然后给我们三姊妹梳头。外婆梳的头讲究得很：先用梳子，再用篦子，今儿梳盘花明儿又梳鬏儿，把我们的脑袋弄得眼花缭乱的。

那天外婆给我戴了一支福字的小红绒花，让我把颜色衣裳穿了，又用香胰子洗了三遍手。比过年过节还隆重。还没去呢，心里便有了隐隐的敬畏。

外婆利索地颠着一双小脚把我领进了广济寺。广济寺在北京西四，当时里面有个"居士林"，隔段时间便要做场"法事"。进得院门，便有几位爷爷奶奶伯伯婶婶很尊敬地同外婆打招呼，外婆也一改平时的严厉面孔而显得春风满面。大家互称"居士"，与外面"三面红旗高高飘"的喧闹俨然是两个世界。

法事开始了。因为进去得晚了，我们只在大殿靠门处找了两个蒲团。外婆向一个身披金红色袈裟的和尚作了个揖，双手捧给他一个包包，他接过去，也还了个揖，嘴里不知说了两句什么，便拿了东西到供桌那儿去了。然后外婆恭恭敬敬地跪下来。因为远，又被许多彩条屏障遮蔽着，我仍看不清佛祖的形象。何况我的兴趣并不在那儿——我完全被那一派金红色袈裟慑服了。后来，当一个老和尚扯着尖厉的嗓子领经之后，所有人（除了我）一同诵起经来。有许许多多的光头在震耳欲聋的声音中有节奏地起落着，像月亮似的在那一片沉沉的金红色的霞中升起，又沉落。

好容易盼到了用素斋。陆续走进斋房，只见有一张长长的桌子，上面摆满了豆腐面筋之类，还有素鸡素鱼素肉，做得极尽精美，还未品味，便被"色、香"诱惑。我这才觉得早已饥肠辘辘。当时正值"三年自然灾害"期间，父亲虽然算高工资，无奈一人养活七口，还要给老家的爷爷奶奶寄钱，生活自然清苦。何况我在家历来属于"姥姥不疼，舅舅不爱"的主儿，有好吃的也轮不上，竟有过到外面采槐花、摘榆钱儿充饥的"苦难史"。如今见了这等精致的素菜，岂有放过之理。那一个个文雅的居士都变成虎狼之状，转瞬间便将满桌饭菜席卷一空，连咸菜碟也空了。自此我方才得到做法事的真谛，心里于是也踏实多了。

如果那一天在那时结束，便会成为我终生难忘的美好记忆。谁知节外生枝，这一点记忆最终发生了质变。

当时外婆忽然来了兴致，说是领我在广济寺里转转。于是又转入一个大殿，先是看见笑眯眯的弥勒佛，然后看见一尊年轻将军似的菩萨：双手执杵，很威风的样子。外婆告诉我这菩萨名唤韦驮，是佛教里专门守卫大雄宝殿的护法神，他手里拿的叫作降魔杵云云。说着来到另一个殿的拐角处。这里十分阴暗，阴暗中直挺挺矗立着色彩斑驳的几根柱子。柱子上结着蛛网。冷不防地，我忽然看见那蛛网之中有三尊巨佛在幽暗中俯视着我。——那佛像是那样的巨大，又因了年久失修变得无华无彩一片苍黑。面孔上的斑痕构成狰狞的表情，而且它们是倾斜着的，好像马上就要砸到我头上。——那种狰狞的俯视对一个孩子构成一种极大的恐惧。我一下子倒退了好几步，几乎摔倒。然后"哇"地大哭起来。哭声一下子破坏了那庄严肃穆的氛围。外婆断喝数声无用，只得好言相哄，我却不理不睬，呜呜咽咽地直哭到家里。——后来我才知道，那正中端坐的，便是我向往已久的佛祖释迦牟尼。

当天晚上我发起高烧。怪梦中似乎有不断的狰狞面孔从天而降向我身上碾压下来。迷迷糊糊的不知烧了多少时候，大约还曾说过胡话。清醒之后我看见爸爸妈妈和外婆都在我身边。外婆喜滋滋地捻着佛珠："好了好了，这下你的孽根烧断了，一定会消灾延寿的。"

几十年过去了，我大"灾"没有，小"灾"不断。至于"寿"，恐怕只有留待以后验证了。

近来偶然翻看佛教的书，才知道早期佛教是不出现佛像的。在印度阿育王时期，表现佛的"逾城出家"不过是几个信徒向巨大的佛的足迹跪拜罢了。因为早期佛教认为，佛既然是超人化的便不应有具体相貌。直到犍陀罗时期才出现了佛像。

于是心里隐隐有个不敬的想法：似乎还是早期佛教明智一些。

外婆已去了十多年。活了八十九岁，且是无疾而终。不知是不是心诚则灵的缘故。

女红

女红这个词大概不会出现在下一世纪的辞典上了。就是再细致的征婚启事，大概也不会有擅长女红这样的字眼。电子和机械代替手工，这是个代用品的时代，一切都可以代用。

但女孩的天性似乎不可代用。应当感谢母亲。从很小的时候，她便开始教我织袜子。是一种白色尼龙线。把一种发针拉直了，做成织针，织出的袜子结实得奇怪。我很快掌握了织袜子的技巧，给家里每个人都织了一双。但是母亲似乎有一种收藏的癖好，她不断地让我重复劳动，直至我对织袜子深恶痛绝。后来又是绣花、编织、裁剪、画蛋壳、瓷盘……总之没闲着。

好笑的是这些东西竟成了我嫁妆的一部分，新婚那天我宝贝似的拿出来给夫君展览，他看后笑道：你真是个永远长不大的女孩。天长日久，那些宝贝都褪了颜色，早不如记忆中那般绚丽了。

再就是织毛衣。也是很小便学会了。因为有织袜子的基础，所以学起来很容易。后来又学各种花样。在兵团的那几年，曾给母亲织了一件毛背心，是紫红和雪青两色线的，织成玉蜀米花样，并不怎么好，几年之后，却仍见母亲穿着，心里便隐隐有点心酸，早把过去跟母亲之间的恩怨，抛到了很远很远。织毛衣其实是很使人安静的。前些年有一阵我心里很烦躁，什么也干不下去，便开始织毛衣，织了拆，拆了织，就在这种简单的重复劳动中我渐渐恢复了平静，在织针单调的音响中，心如止水。

婚后给丈夫织了一件很大的毛衣。足足用了两斤线。故意要织成那时很时髦的宽松式，织成了很好看，穿起来效果却不理想，闹得丈夫的同事们纷纷开玩笑：你要警惕哩，这毛衣好像不是为你织的哩！说得丈夫悻悻的，后来果然找借口收了起来，只好又陪他去买新毛衣。

踏缝纫机，也曾是种乐趣。小学的仓库附近有两台缝纫机，少先队干部值班的时候我们常去踏着玩。家里买了缝纫机之后，母亲让我练着匝鞋垫。盛夏的中午，蝉无休止地鸣着，家人在地面铺的凉席上发出轻柔的鼾声，这时踏起缝纫机来特别惬意，间或窗外还有凉风习习，匝好一个鞋垫后，将有一支五分钱的小豆冰棍等着我，可以吃得满嘴甜香。

从兵团回来的那些日子里，因为羡慕外国画报里那些"资产阶级"的衣裙，开始学习裁剪。母亲过去的一本裁剪书是五十年代初期出的，有不少好样子（起码在当时这么认为）。我只是看了看，便找出一块三寸布票一尺的布，上去就是一剪子，母亲吓了一跳，咕噜道："这丫头是狠些，我学了这么些年的裁剪，还不敢下剪子呢。"后来那块布做了一件无领无袖的短衫，竟然还穿了些日子。后来自己设计衬衫，是的确良的，有古色古香的蓝色大花，我把剪剩下来的边匝成一道波浪形的花边，镶在胸前，还带卡腰，穿起来效果很好。于是一发而不可收，连续裁了几件衬衫，还都是新样子，有一件按照洋娃娃的衣服做的，灯笼袖，中间镶了宽宽的花边，做成了不敢穿，只好穿在里面露出一点衬领，造成一种"犹抱琵琶半遮面"的效果。后来又和邻家的女孩玲玲合作（我裁她匝），做成一件墨绿色丝绒裙和一件绛红色尼龙裙，穿着绿色的那一条照了好多相片，果然显得苗条多了。

可是从来不敢给别人裁。唯一的一次还失败了。是在苏家坨插队的时候，有个新来的高中生裁一件淡粉的短袖衫，我自以为驾轻就熟，一口答应，谁知裁好之后，袖笼的接缝处对不上，只好又在腋窝处安了一个三角，那女孩并不知这其中奥秘，还千恩万谢的，令我汗颜。

黑龙江兵团的冬闲时期，有一段时间女孩子们狂热地爱上了绣花。自上海知青始，每人拿个绣花绷子，互相描了花样儿，便开始飞针走线，晚上打夜班做颗粒肥，白天休息时间便全天绣花，也不知哪儿来的那么大精力。因为别出心裁地画些绣花样子，我的一切都开始有人代劳：洗衣服、钉纽扣、打饭……真是绣得好的，有一位叫作陈新美的上海姑娘，会绣剔空的挖嵌，这一绝技我始终没有学会，只学会一种凸花的绣法，也无非是在绣之前，在丝线下面埋下粗线而已，花很少的钱买上各色府绸布，在上面绣白色的花，然后做成枕套，在那个单色调的时代，成了一种享受。

奇怪的是当一切都极大地丰富起来之后，对那种美的享受要求反而降低了。世界五光十色令人眼花缭乱，一切都来得太容易了，所以不再追求。终于发现自己具有"奥勃洛摩娃"本性。女红已经扔掉了好久，只有在偶尔翻箱子的时候，才找出那些曾经那么吸引我的东西感叹一番，像是在上一个时代得到的馈赠，虽然好，却已经异常陈旧了。

母亲已乘黄鹤去

2006 年 12 月 1 日，入冬以来最寒冷的一个日子，母亲走了。

正在做晚饭的时候，电话铃突然想起，侄儿轩轩的声音传来："三姨，姥姥不行了！"我的心剧烈地抖了一下，因为前几天似乎就有强烈的预感。"抢救啊！赶快抢救！！"——"已经叫了九九九，正在抢救！"我急如星火，竟然忘了穿毛衣，披了件大衣就冲到夜晚的寒风里。

在寒风里抖了七八分钟，竟然打不到一辆车！坐地铁！刚刚走进地铁站口，手机又响了："三姨，你直接去积水潭吧！""什么？这么冷的天还要把老人折腾到积水潭？把大夫请到家来抢救，告诉他们我们愿意出双倍的钱！""……三姨，不是的，姥姥……已经走了，抢救无效，已经宣布死亡了……"我的双腿一下子奇怪地软了，走路就像在水上飘，我机械地走进地铁车厢，听见轩轩在说："三姨，你直接到积水潭后面的太平间吧，等着你来挑寿衣呢！……"

然后，就再也听不见了。

一

第一眼看到的是母亲的手。母亲的手，曾经那么丰腴、漂亮、秀气的手，现在干瘪得挤不出一滴汁水，是那种干裂的土地的颜色。母亲的脸是灰白的，大张着嘴，似乎还想向上天要一口气，只要有这一口气，母亲还能活，可是上天就是这么吝啬，它再不肯把这一口气给这个耄耋之年的老人了。

母亲的身上，依然盖着那条家常的旧被子，身上穿的，依然是那件旧毛衣。不知给她买的那些新衣裳、新被子上哪儿去了，还是因为她舍不得穿，舍不得盖？

我的眼泪再也忍不住了，大约是憋得太久，已经滚烫，那样滚烫的泪一滴一滴落下来，好像能够熔化金属，但实际上无比寒冷——在太平间里化成一股白色的水汽，令人寒冷彻骨。

我什么都不懂，一九八二年父亲去世的时候我还太年轻，一切都是姐姐说了算，可现在一个姐姐在外地，一个姐姐在美国，弟弟全家和侄儿轩轩，四双眼睛都在看着我。

我说：寿衣当然要最贵的，最好的。

太平间的师傅立即把最贵的拿出来，是紫红绣凤的，凤凰是机绣，做工粗糙，土得掉渣，否定。

然后又把各种寿衣统统拿出来：选定了一套紫色绣万字花的，师傅说，老人西行应当铺金盖银，一看，果然垫的是金色，盖的是银色，就点头要了。穿了一半，轩轩突然跑进来说不行，他说姥姥高寿应是喜丧，按规矩要穿大红的衣裤，告诉我医院附近有卖寿衣的，可选择的很多。

挑寿衣挑到手软。终于挑到一种真正的大红，手工绣花，福寿字，缎面，金丝绣的垫子，上下有荷花寿字如意，紫红绣梅兰竹菊缎鞋，最满意的是我把那条盖被换成了一条银色绣古画的，上面还绣着驾鹤西行四字草书，雅致且古色古香。

母亲的脸经过淡妆和修整，变成了生前的模样。

二

我是最不受母亲待见的一个孩子。这大概是因为我虽然外表温顺，但其实又倔又拧又叛逆。很小的时候便初露端倪，譬如有一个下雪天，和姐姐们一起到外面玩，把新棉袄全都弄湿了，母亲说该打，就让我们三人伸出手，由父亲用尺子打，大姐二姐还没挨上就哇哇哭了，求饶。我却被尺子打到手肿还坚持着："就出去玩！就出去玩！"含泪咬牙不哭出声——会哭的孩子有奶吃，可惜这句老话在我很大了才知道，那时我早已改不过来了，于是这辈子也就只有吃亏。

小时候我只上过几天幼儿园，阿姨说，走，我们看小鸭子去！我们就排着队走过院里（现在的北方交大，那时叫北京铁道学院）那条石子马路，那条路可以路过我的家，我远远就看见了母亲在门口晾衣裳。门口有两根晾衣竿，形状有些像单杠，中间系四根铁丝，这两排房的衣裳就都晾在这儿。对我们来说晾衣竿还有一重功效，就是当作单杠悠来悠去，比谁悠得高，比谁做的花样多。

那一天，我毫不犹豫地向母亲跑去。尽管阿姨说，不上幼儿园的都算野孩子，我却是宁肯做野孩子也不上幼儿园了。这大概是我的第一次叛逆行为吧，当时我三岁。

五岁之后，我的生活似乎一下子堕入了阿鼻地狱。这原因当然是因为弟弟的出生。弟弟是当时父母两系唯一的男孩，在父系，伯父没有孩子，叔叔还没结婚，当然弟弟是徐家第一个男孩；而在母系的说法就更多了，姥姥原来有个唯一的儿子，就是我们的舅舅，死于战乱，姥姥家虽然是大家族，但是她亲生的孩子只剩了母亲一个。姥姥与母亲的重男轻女世所罕见。有了弟弟，我就被她们抛弃了，并且抛弃得如此彻底。这对一个敏感的女孩来说，真的就是地狱，何况，在弟弟出生之前，我是被宠爱得太过分了一点，按照母亲的话来说，就是"要星星不敢给月亮"。

十一二岁的时候我曾经在大学生练习射击的时候跑到打靶场，希望有一颗流弹飞来结束我的生命。我幻想着母亲会为我的死流泪，于是我终于得到了自己生时无法得到的爱，每每想到此时，自己就被自己幻想的场景感动得热泪盈眶。

也屡屡想向母亲证明自己：学习好，门门功课都是五分，得各种各样的奖，少先队大队长，优秀少先队员……这一切在母亲看来，统统是零。有一次学校朗读比赛，我朗诵的是《金色的马鞭》，得了第一名，回来把奖状给母亲看，母亲不屑一顾，只叫我快去清扫炉灰——那时，家家都在烧煤球炉子。

母亲的做法，狠狠地伤了我的心。终于有一天我爆发了："你老让我干活，我是你的包身工吗?！你干吗不让弟弟干啊?！"——那时我刚刚读了姐姐课本上的课文《包身工》。母亲又惊又怒，我们大吵起来，几天都不说话。

晚上睡不着的时候我悄悄流泪，说什么也不明白，为什么我怎么做也得不到母亲的欢心，而弟弟，一天到晚可以什么都不做，却可以吃好的，穿好的。我暗下决心，一长大就离开这个家，跑得远远的，永远也不回来。

三

　　这一天终于来了。

　　正当十六岁的"花季"，我去了黑龙江。

　　从照片中我看到自己当年的尊容：松松垮垮的一身蓝制服，短辫子，白边"懒汉鞋"，当然，胸前还有一枚像章。瘦弱、苍白，没有任何"花季"的意象，连"花骨朵儿"也算不上。

　　自认为是上山下乡成全了我远离家庭的梦想，所以，刚刚宣布了去兵团的名单，我便匆匆去销了户口，回来后才告诉家里人。父亲听后陡然色变，当天晚上他长吁短叹了一夜，彻夜未眠。我只是悄悄告诫自己，无论在任何情况下都不要动摇，那时我常常看《前夜》《牛虻》《怎么办》一类的书，对十二月党人一类的人充满崇敬，讨厌英雄气短、儿女情长。可惜的是，我骨子里实际上是个儿女情长的人。

　　离京那天的场面很壮观，值得载入史册。北京站红旗飘扬，大红语录牌上俨然写着：知识青年到农村去，接受贫下中农的再教育，很有必要。车站上人山人海，比肩继踵，当高音喇叭里传出"知识青年同志们，你们就要离开伟大祖国的首都北京了。伟大领袖毛主席教导我们：广阔天地，大有作为，希望你们在屯垦戍边的战斗中，为人民立新功……"的时候，车上车下哭成一片，颇有生离死别之感。

　　因为有戴红箍的工作人员阻拦，家长们被围在列车的白线之外。就更加重了悲壮感，真是"哭声直上干云霄"。我始终没哭。整个列车只有我和一个绰号"老齐头"的女孩没哭。父母遥远地向我招着手。母亲哭喊着："快看看你的钢笔是不是忘带了?!"这时火车已经鸣笛，我忽然发现人丛中有卖冰棍的，于是示意父亲帮我买根冰棍儿，父亲买了整整一盒，请戴红箍的人转交。火车开动了，我捧着那盒冰棍儿，清清楚楚地看到父母的眼泪，这才感到一阵锥心之痛。过了天津，大家已经摆脱悲痛开始玩敲三家儿，我却忽然意识到这一去就是三千六百里之外，想回家可不那么容易了。想到这个，自己跑到卫生间里，号啕大哭。到了傍晚便开始呕吐，两天一夜的火车我吐了一天一夜，眼前不断出现父母含泪挥手的一幕，火车则以震耳欲聋的单调音响向北疾驰，渐渐地，刺骨的严寒笼罩了我的整个身心。

在东北，我不断地生病，却咬牙不告诉家里。当时我们是挣工资的，每月三百二十大毛，我每月除了饭费七元零花五元之外，全部寄给家里。那时的每月二十元对家里来说是一笔不小的收入啊！我这么做原因只有一个：还债。——因为每每和母亲吵嘴，她总是说"养你这么大……"云云，我就总是犟头倔脑地赌气回答："我欠你的，我会还!"

那时我完全不懂得：谁言寸草心，报得三春晖。

再见到父母已经是两年之后，我第一次有了探亲假。母亲穿上我为她织的一件毛背心，就再也不脱了——那是我下工之后为她织的，紫红和雪青两色线的玉蜀米花样，并不怎么好。几年之后，却仍见她穿着，心里便隐隐有点心酸，早把过去跟母亲之间的恩怨，抛到了很远很远。

四

对于画画，母亲是始终支持的。

大约三四岁的时候，是母亲用石笔在洋灰地上画了个娃娃头，让我照着画，从此就与绘画结了缘。姐姐们也爱画，三个女孩比赛似的，画得满地都是，还编着故事，那就是最早的连环画吧？再大些，上学了，就照着当时的月份牌画了一个《鹦鹉姑娘》。五六十年代出的那些月份牌，凡画着女人头像的，似乎与30年代上海滩的没什么不同。

我是用铅笔画的，然后用彩色铅笔上色。母亲破例地表扬了我，拿给邻居看，就宣传出去。后来画了一整本古装仕女，不但有金陵十二钗、精卫填海、女娲补天、嫦娥奔月，还有张羽煮海、窃符救赵、霸王别姬……母亲喜欢这样的画，有一次，她把我画的虞姬贴在脸上细细地看，说："难为这小丫头，一根根头发都画得这样细。"那一天，我万分高兴，哼着歌去上学，又哼着歌回家。

五

几十年过去了，我们四个早已长大成人，回忆往事的时候，母亲总是很喜欢听我们讲，但是很奇怪，所有的记忆都有偏差，生活，就像是《罗生门》，每人眼里都有自己的真实，所以每每回忆起来，总要吵成一片。

母亲是北平铁道学院（北方交大前身）四五届管理系的毕业生，当时的管理系，只有寥寥几个女生。母亲的英文很好，我看过她保留下来的英文作业，那种花体字的英文细如发丝，我无论如何也写不出来。母亲写一笔好字，留下墨宝不多，却件件珍奇。母亲写了六十年的日记，直至去世前几天，还在写，那样工整的蝇头小楷，现在的人，怕是怎样也不会有这个耐心了。

告别的那一天，我们电视剧中心的领导去了，送了三个花圈，他们说，你母亲的相貌好慈祥啊！母亲的遗像在微笑着，音容宛在。

　　最后的时刻，从美国赶回来的姐姐握住母亲的手，唱了一支小时候母亲教给我们的歌：春深如海，春山如黛，春水绿如苔，白云快飞开，让那红球现出来，变成一个光明的美丽的世界，风，小心一点吹，不要把花吹坏，现在桃花正开，李花也正开，万紫千红一起开，桃花红，红艳艳，多光彩，李花白，白皑皑，风吹来，蝶飞来，将花儿采，倘若惹得诗人爱，那么更开怀！

　　我们一起加入最后的合唱，歌声中，母亲的灵魂驾鹤西行了……

一生只欠一个人

——世上最深爱我的父亲

　　我于 1974 年从黑龙江转插回京，此前，已经在北京待了一年多，那时叫作"口袋户口"，也就是黑户口的意思。在黑龙江，我前后住过四次团部医院，有一次被排长背上二八车（一种拖拉机）的时候，我的整条手臂已经紫了。排里的很多女孩都在哭，以为再也见不到了。谁知到团部打了一针，我又活过来了。如此这般死去活来自然令父母胆寒，1973 年回家探亲之后，我就再没有返回黑龙江。1974 年的冬天，一个异常寒冷的日子，父亲只身一人坐了两天两夜火车，去了我们的师部北安县。父亲当时已经五十三岁，身体很瘦弱，有过两次肺结核大吐血的病史。写到我的父亲，我常常有一种疼痛的感觉，内心深处的痛。这种痛常常让我写不下去。真的没想到，在他去世二十年之后我依然疼痛如初。父亲是我的"阿尼姆斯情结"，他的克己、坚忍、聪慧、英俊、忠厚、善良，让他的几个女儿在成年之后，特别是在择偶时都遇到了麻烦，我们忽然发现所有的男孩都不如我们的爸爸，甚至连长相也是如此，父亲端严英俊的外貌使我们对于所有男人的想象日趋完美，所以也就不可避免地感到失望。当时瘦弱的父亲就在那酷寒中挺下来了，他在师部领导的拒绝声中铺开了一张破席，就铺在师部办公室的过道上，从那天晚上起他每夜都在刺骨的寒风中咳嗽着入睡。终于有一天师长皱着眉头对政委说，我看那个老头越来越瘦了呢，看着挺吓人的，别在咱们这儿出什么事，要不把他女儿的事儿给办了吧。我的命运从那一刻起就发生了根本性的转折。我忘不了在那个寒冷的冬天，我家平房的窗外忽然闪过父亲的身影。预感到了什么，我狂喜地开了门，我的父亲像平常那样克制着自己的表情，那意思是让我们猜一猜结果，我对着爸爸说，我说爸爸你办成了，你肯定办成了！爸爸笑起来，爸爸一笑起来就阳光灿烂，爸爸从破旧的棉袄里拿出一个牛皮纸袋，爸爸说，这是你的档案。我好奇地打开我的档案袋，里面不过是两张白纸，什么也没有。

　　就是这两张白纸管制了我一生中最美的年华——十六岁至二十一岁。

　　我从小是个极其敏感、极其渴望爱与被爱的女孩，母亲的重男轻女、对弟弟的极度偏爱和对我的极端漠视深深伤害了我，一个孩子的童年纸船随时可以被彻底淹没，是父亲和老师的爱让我在风雨飘摇的生命河流中侥幸生存了下来。

　　父亲绝对是羞于表达的人，他永远只流汗水不流口水，而且在母亲明显的态度下，他也并不想为我与母亲争辩。他只是在我取得一点成绩的时候，欣喜地称赞我。我第一次挣了钱，给爸爸买了一盒雪茄烟和一条咖啡色羊绒围巾，爸爸看了又看，嘴里低声说着："花这个钱干吗？"可是不经意间露出的笑容，暴露了他是多么喜欢我的小礼物，以及深知在礼物的背后，他的小女儿对他的爱。

　　然而爸爸有严厉批评我的时候。譬如我 1972 年回京探亲时，经常在下午五点时偷听"莫斯科和平与进步广播站"播出的节目，那时这叫"偷听敌台"，罪名颇大，偏我从小便是个极其逆反的孩子，社论上说的，我永远在质疑。何况这个台非常好听，当时只有一台发黄旧陋的收音机，我便把音量开到最大，每天钟响五点，便听到"莫斯科和平与进步广播站"的呼号，接着便是那首著名的歌曲："我们没有见过别的国家，可以这样自由地呼吸……"听到那音乐我便立即兴奋起来。有一天，此台介绍中国民歌《小河淌水》，那优美的旋律一下子抓住了我的心，可怜当时的中国人，被封锁到只有八个样板戏，哪曾听到如此动人的歌曲?! 然而好景不长，有一天爸爸下班早，发现了我的劣迹，立即严肃地和我谈了话，显然是被我那不以为意的态度激怒了，他对着我，极其严厉地说："孩子啊，别以为右派那么难当，我的几个学生，只说了几句话就被划成了右派，给送到大西北去了!……"——我至今仍然记得父亲当时严厉的态度。

然而在平时，爸爸对我总是偏爱些，譬如，他做留学生办公室主任的时候，每周会有一次内部电影，他总是把电影票悄悄塞给我。又如，我开始热爱写作的时候，总是嫌家里不清净，他便干脆把办公室的钥匙交给了我，这样我每周末都可以到他的办公室里读书写作。爸爸对我的好，如是枝裕和的电影《比海更深》，可是，为什么我直到如今才真正了解到呢?

我深深地伤过爸爸的心。刚上大学时，学校里周末会放一两部欧美片，那时的外国片可不得了，若是在影院放，每次都会引起人山人海比肩继踵的效果。记得有一次看《苦海余生》，爸爸只穿了一个带补丁的上衣便去了，结果班里同学来问候，我觉得虚荣心受伤，便有些不乐意，敏感的爸爸立即读出了我的小心思，那一天也是一脸不快。爸爸去世之后，此事浮现出来，折磨了我很久很久……再没有什么比不可挽回的愧悔更令人难过的了!

我这一生中只欠一个人的，而且永远也无法偿还了，这就是我的父亲，最爱我却没有得到我一点点回报的父亲。在我所有的文章中都回避着他，回避着他是因为要回避我自己的疼痛，我内心最最柔软最最脆弱最最不堪一击的地方，那里面充盈着的全是泪水。

六、呼唤与回答

呼唤与回答

一、神祇的呼唤

西蒙·德·波伏娃有句名言。她说写作是对一种呼唤的回答。这个呼唤通常在一个人很小的时候就已经听到了。自然，并不是人人都能听到这种呼唤。

说到底，这是一种神祇的呼唤。

小时候，我时时感到压抑和痛苦。一个孩子的痛苦虽不比成年人更沉重，却要尖锐和难以忍受得多。何况，孩子的痛苦中还常常伴随着恐惧。我极度缺乏安全感，时时渴望能出现一个爱我、保护我的人，他将驱逐我四周的黑暗，带领我进入天国。对于天国的概念我停留在一篇童话《天国花园》所描述的场景上。那时我常常做一个关于天国花园的梦。花园里的花只有色彩没有阳光，远处站着全身通明透亮的天使。而醒来的时候，我从窗帘的缝隙看见对门邻居家栽种的一棵歪脖子向日葵，在黑暗里它很像是一个戴着草帽的男人阴险地窥视着窗子，我被它吓得哇哇大哭。

我这种无端哭泣和我的种种逆反行为照例被大人们认为是乖张。

我不是一个会讨人喜欢的女孩，尽管我学习成绩很好，并且在一些方面很早就显示出了天赋。我对成人世界的恐惧和格格不入使我内心闭锁，在我自我封闭的内心世界里终于出现了神。在很长的时间里我只同他对话。我很早就拥有了一种内心秘密。这秘密使我和周围的小伙伴们游离开来，我很怕别人知道我的秘密，很怕在现实中与别人不同，于是我很早就学会了掩饰，这种掩饰被荣格称为人格面具。这是我的武器，一种可以从外部世界成功逃遁的武器。正是依靠这种武器我度过了我一生中最为痛苦的那些岁月，包括在黑龙江兵团那些难以忍受的艰难困苦。我始终注视着内部世界，以至外部世界的记忆变得支离破碎，就像"没活过"似的。这就是：逃离。我不知道这究竟是一种坚强还是懦弱，更不知道这是一种超越还是一种更大的不幸。

但无论如何我作出了对那种内心呼唤的回答。我选择了写作。写作是置身于地狱却梦寐以求着天国的一种行当。它同我从小选择的生存方式是一致的：它是人类进行着分割天空式的美好想象和对于现实现世的弃绝。没有一个作家敢说他是在真实地模拟着生活本身，因为这种真实毫无价值，它只需要一个记录员就够了。而写作却是一种每时每刻也难放弃的对生命的观照，它观照着生命也预约着死亡，覆盖着生者也覆盖着死者，它是时空消失之后的永恒存在，它是人类从远古走到今天的宿命和母题。

至于那个神祇的秘密，它将一代又一代地活在孩子们的心里。可惜，孩子一旦成人就把心里那个秘密忘了，而且一点儿也不懂得自己的孩子，一点儿也没想到那孩子便是自己的过去。而孩子却一直被那可怕的秘密烧灼着，直到成年。这大概就是人类的悲剧所在。

如果有一个成年人记住并懂得孩子的秘密，那么她一定是"得有神助的人物"，她的名字应该叫"作家"。

二、女孩如何变成女人

我的第二个逃离的原因，来自于由女孩变成女人的成长道路上。我的怪异的家庭对于一个小女孩来说简直是一场灾难。我的母系家族颇有点来历。我在很小的时候曾经想自杀，我曾经一次次地走向一个靶场，盼望一颗流弹飞来结束我小小的生命。我无数次地幻想在我死后或许能获得生时无法得到的爱。我想象着母亲会为我哭泣，一想到这个我就情不自禁地流下热泪。就这样我长到十三岁，在我身体发生某种变化的时候我再次想结束自己的生命。因为新的恐惧来临了。我无论如何也不愿长大，无论如何也无法想象自己会走向大街上那些妇人的行列。我在一篇小说《末日的阳光》中强烈地表达了这种感情，那篇小说写了一个十三岁女孩在进入青春期时的恐惧和困惑——这恐惧与困惑是双重的，因为当时的背景是"文化大革命"。当然，除了恐惧与困惑之外女孩还有着一个完全属于自己的幻想世界。人都是需要自欺的，这种自欺实际上是一种新的逃离，用一种遥远的幻想来逃离现世。但是这种逃离实际上十分残忍：它使我对于朦胧初起的性意识陷入了一种渴望、恐惧与弃绝的矛盾与危机之中。幻想和白日梦是我唯一的享受。一个朋友说我是"浪漫主义最后的一颗棺材钉"——我当时以此为荣。

三、永远作为第二性的女人

也许我的从女孩到女人的过渡期过于漫长，所以一成为女人便已历尽沧桑。我真正被抛掷到一个孤立无援的荒岛上是大学毕业、结婚、分配工作之后。那时，我童年的神与少年时的幻想都已消逝。我的灵魂常常因为心里空空荡荡而产生一种剧痛。我羡慕周围许多没有灵魂的空心人。我深知没有灵魂便没有痛苦，但是对于我来讲，没有了那种痛苦比痛苦本身还难以忍受。在这时，我发表了《对一个精神病患者的调查》，写一个违反传统思维模式、超越常规的女孩如何与社会现实格格不入，以至被社会视为疯人、被社会与人群摒弃的故事，说到底，这是一部反社会的小说。当时在国内引起了不小的震动。我收到读者来信七百来封。后来我把这篇小说改编成电影《弧光》，同样引起了很大反响与争议。这部电影在十六届莫斯科电影节获特别奖。

那时我对于西方的女性主义还没有任何了解，但我的小说却暗合了女性主义的某些观点。我的女主人公虽然仍然向社会选择了逃离的方式，却是以逃离的形式在进行着反抗，尽管这是一种消极的反抗，却是带有着一种不屈的精神。你可以践踏我摧残我甚至从精神上戕害我从肉体上消灭我，但我的精神不死，我的精神始终俯视着你怜悯着你蔑视着你摧毁着你。我这篇小说依然没有脱离理想主义的轨道。尽管我的理想主义已经陷入了绝境。

九十年代的中国文学已经被商业主义神话笼罩和淹没了。许多文人下海。八十年代初起一同写小说的朋友做起了掮客收起了回扣炒起了股票玩起了期货与房地产。而本来学财政金融专业的我却彻底摒弃了自己的专业，成了大半个专业作家（之所以说是大半个，是因为我每年还要完成两集电视剧）。和美国作家一样，我也需要一种谋生手段来养活自己，电视剧便是我的谋生手段。我很清楚，电视剧是商品社会的产物，是快餐文化和大众传播，它与纯文学实际上格格不入。于是我小心翼翼地看顾着我的小说。无数次地拒绝高酬电视剧的诱惑。我很明白世间万物都是有取必有舍，在二者不可兼得的时候，我宁肯摒弃金钱而从纯文学写作中获得精神快感与灵魂宣泄。我始终认为自己是在童年时便听到神的呼唤而需要用一生来进行灵魂救赎的人。我失去了很多，但我终生不悔。

《敦煌遗梦》是我在 1992 年完成的一部长篇。因为爱画画的缘故，我做了很多年的敦煌梦。1991 年，我随中国作家参观团去敦煌，敦煌壁画的辉煌，敦煌地域的特殊，藏传密宗的神秘，都令我震惊。回来后，我被一种不可遏制的激情推动着，创作了《敦煌遗梦》。但是小说出来后却多灾多难。因为小说结构的更新，很有一些人难以接受。最终，由《中国作家》发表，北京出版社出书，中国文学杂志社目前已经在同时翻译英文版与法文版。听说在发表时，由于意见的不统一，最后还是由冯牧先生拍的板。后来研讨会时，冯先生还想亲自主持，因当时已经住院，只得罢了。不久后冯先生因白血病而故去，其人虽已作古，我因此事永远对他心存感激。令我欣慰的是，小说很受读者欢迎。一家书店老板告诉我，她四次进书都被抢购一空。目前正有一些导演在与我联系，准备把《敦煌遗梦》搬上银幕。我不知道小说改编成电影对小说到底是一种升华还是一种损害，但是有一点是可以肯定的，那就是《敦煌遗梦》有很强的画面感和很凄美的故事，外加一点东方的神秘感，这种故事是没有国界的。

《双鱼星座》与《迷幻花园》是在我陷入四面楚歌的困境中写的。

当我真正深入到这个社会，我才深感伍尔芙在《自己的房间》里书写女人境遇的透彻："确实，女人如果仅仅生活在男人的小说里，人们完全可以把她视为一个极其重要的人物；一个复杂的多面体。勇敢而又卑贱；艳丽而又污秽；无限美好却又极其可恶；同男人一样伟大，甚至有人认为她比男人更伟大。但这只是小说中的女人。而在现实中，她却被关在屋里毒打，摔来摔去，于是产生了一种十分奇怪的混合现象。想象中她无比重要；事实上却一钱不值。她充斥一部部诗集的封面，青史上却了无声名。在小说中她可以支配国王和征服者的生活；在现实中却得给任何一个其父母可以给她戴上戒指的男子当奴隶。在文学中她嘴里能吐出最富灵感的诗句，最为深奥的思想；在生活中她却目不识丁，只能成为丈夫的所有品。"令人震惊的是，伍尔芙的时代已经过去了半个世纪，这个菲勒斯中心的世界统治仍未有丝毫改变。

《迷幻花园》写一对少女时期的好友，最初通过对方认识自己的特征，犹如"镜像置换"的一对准同性恋者，后来因为一个绝对的男性的插入，两人处在了一种奇怪的分离与重叠的状态中，女性的生命、青春与灵魂永远错位，而那条通向墓地花园的小路，则标识着一个实体的认同空间，也就是两个女人芬和怡所不断迷失和逃往的目的地。作品依然充满着强烈的"逃离意识"。那么，究竟逃离什么呢？在《双鱼星座》中，我第一次自觉地写了逃离的对象——就是这个世界，这个菲勒斯中心的世界。女主人公卜零在男权社会权力、金钱和性的三重挤压下，在现实中奄奄一息无法生存，她逃离在梦中。在梦中，她用三种不同的方式极度冷静不动声色地杀死了三个男人——权力、金钱和性的代码，从梦中醒来之后，她走向（或曰逃往）她认同的空间：佤寨。这是一个用女人的血泪和生命向男权世界控诉的小说，但是写得极端冷静，女主人公卜零也在经历了一次致命的爱情之后获得了完全的成熟，一个完全成熟的女人是埋藏在男性世界中的定时炸弹，是摧毁男性世界的极为危险的敌人，我在一篇创作谈里写道："……父权制强加给女性的被动品格由女性自身得以发展，女性的才华往往被描述为被男性'注入'或者由男性'塑造'，而不是来源于和女性缪斯的感性交往。……除非将来有一天，创世纪的神话被彻底推翻，女性或许会完成父权制选择的某种颠覆。正如弗洛伦斯·南丁格尔胆大包天的预言：下一个基督也许将是一个女性。"

这篇创作谈被一些批评家认为是中国女性主义写作的一个宣言。当多年以前的那个女孩终于长大成人之后，她终于觉醒。自觉地摒弃了用以掩饰自己的人格面具，发出了属于自己的声音。

四、枯澹之美

一个真正成熟的女人是不可战胜的。真正美丽的女人是历尽沧桑的女人。我已步入中年，如果能假我以时日，我却并不希望年华的复苏。我三篇随笔中写道：过去了的，不可能重复，而枯澹才是艺术的极致——那是一种很难达到的边缘情境，那是经历过豪华绚丽、弃绝一切脂粉气之后的生命意志，那是一切风景的原初与归属。它是一种高级的美，它具有一种哲人的睿智与诗性的本质。

我渴望平淡，渴望枯澹，渴望枯澹之后的再生。

——在漫长的岁月之后，那个女孩终于对童年时听到的呼唤作出了回答。

爱情是人类一息尚存的神性

在《天鹅》扉页我写了，爱情是人类一息尚存的神性。很多人一生是没有爱过的，而且他根本不懂得什么是爱，甚至没有爱的能力，真爱不是所有人都有幸遇见的。正如一位哲学家所言，真爱能在一个人身上发生，至少要具备四条：一是玄心，二是洞见，三是妙赏，四是深情。只有同时具备这四种品质的人，才配享有真爱。

玄心指的是人不可有太多的得失心，有太多得失心的人无法深爱；洞见指的是在爱情中不要那些特别明晰的逻辑推理，爱需要一种直觉和睿智；妙赏指的是爱情那种绝妙之处不可言说，所谓妙不可言就是这个，凡是能用语言描述的就没有那种高妙的境界了；第四个就是深情，深情是最难的，因为古人说情深不寿，你得有那个情感能量才能去爱。深情被当代很多人抛弃了。几乎所有微博微信里的段子都在不断互相告诫：千万别上当啊，在爱情里谁动了真情谁就输了等等，这都是一种世俗意义上的算计，与真爱毫无关系。

我历来不愿重复，可是有关爱，不就是那么几种结局吗？难道就没有一种办法摆脱爱与死的老套吗？如果简单写一个爱情故事，那即使写出花儿来，又有什么意义呢？——这是我面临的又一个难题。

恰在这时，一个香港的朋友给我介绍了几种治疗失眠的办法，其中的一种便与西方的灵学有关。说是灵学，其实相当地唯物主义：物质不灭嘛。物质不灭，但是可以转换形态，所谓生死，堪破之后，无非就是形态物种之转换——所以我设计了一个情节——男主角的遗体始终没有找到。而在女主角按照男主角心愿完成歌剧后，在暮色苍茫之中来到他们相识的湖畔，看到他们相识之初的天鹅——于是她明白了自己该怎么办——她绝非赴死，而是走向了西域巫师所喻示的超越爱情的"大欢喜"——所谓大欢喜，首先是大自在，他们不过是由于爱的记忆转世再生而已，这比那些所谓爱与死的老套有趣多了也新奇多了。

其实最初的想法是来自一个真实的故事，"非典"时期有一对恋人，男的疑似非典被隔离检查，女的冲破重重羁绊去看他，结果染上了非典，男的反而出了院。男的照顾女的，最后女的还是走了，男的悲痛欲绝。这个错位的真实故事让我颇为感动。

我喜欢那种大灾难之下的人性美。无论是冰海沉船还是泰坦尼克都曾令我泪奔。尤其当大限来时乐队还在沉着地拉着小提琴，绅士们让妇孺们先上船，恋人们把一叶方舟留给对方而自己葬身大海，那种高贵与美都让我心潮起伏无法自已。而这部小说最不一样的，是关于生死与情感，是用了一种现代性来诠释了一部超越爱情的释爱之书。

七、良师益友

良师益友

曾经说过"八十年代是个文学狂欢的年代",现在看来并不准确。中国文学其实就根本没有过所谓"狂欢"。确切地说,八十年代应当是个"以文会友"的年代。并不止于八十年代,九十年代尚有余荫。会的友也远不止文学界——那的确是有趣的过往。

一、云在青天水在瓶

当代女作家中我最喜欢的当推宗璞——当然,包括其人其文。

很早便读过她的《红豆》。之后,又被她的《三生石》"赚"走了许多眼泪,一个简单的故事竟有如此强的魅力,不能不归结于作品的"真心真情"。这位女作家一定是位感情丰富的人。当时我想。

不想,以后就恰恰认识了,熟悉了。在 1981 年十月首届文学奖发奖会上，我看到镜片后面的一双睿智的、善解人意的眼睛，于是我知道我们一定能成为朋友。

我真的成为她的一个"小朋友"。我们也聊文学，但更多的是聊一些琐事、新鲜事或烦恼事。往往是，我絮絮叨叨没完没了地讲着，她静静地、认真地听着，时而，温婉地或开心地笑；进而，为我及时地出一些十分聪明的"高招儿"。那些招儿，没有一颗童心便想不出来。我偶尔也愧悔无端耗了她的时间，她笑笑："我对这些很感兴趣，我倒是觉得，你很有真性情的。"——大概她把这"真性情"看得十分要紧。于是我愈发的常向她倾诉内心秘密，她玩笑："你放心讲吧，我这儿是'扑满'。"许多人爱把宗璞描述成一个书卷气很浓的大家闺秀，我倒觉得她是个童心浓厚的人，如果不是这样，她就写不出那么美丽的童话。

宗璞的《风庐童话》一直深得我的珍爱，这本装帧精美的童话集里收藏着《贝叶》《总鳍鱼的故事》这些当代童话的精品。《贝叶》写的是一个普通的小女孩为了拯救同类而牺牲，最后虽然战胜了妖魔，却为自己的同类所不容的故事。而后一篇则写两栖动物的始祖总鳍鱼中的两支——真掌和矛尾，因生活态度不同，选择的道路不同，于是最后的归宿也就有了天壤之别。她写道："人生的道路是漫长的，旅途中难免尘沙满面，也许有时需要让想象的灵风吹一吹，在想象的泉水里浸一浸，那就让我们读一读童话吧。"——我以为，她那些童话中的哲理是深可咀嚼的。

宗璞的小说同样也浸透了"想象的泉水"。她的作品量虽不多，然而每一篇都有她苦心孤诣的探求。她老早就写出了《我是谁》《谁是我》《蜗居》这样的作品，可算是我国探索小说的"开山祖"了，然而却又始终保持着中国的气味，决不像某些上穿西服、下着抿裆裤的"现代派"。她作品的格调和色彩是协调的，她把西方现代派的艺术手法嚼得那么碎，揉得那么细，溶解得那么和谐，那么美——这不能不归功于她的深厚的中国古典文学的功底。我想，一个真正具有现代意识的人恐怕首先应当是一个善于分解和吸收传统文化营养的人。这一点，宗璞得天独厚。

谈到她的作品，更有一点很难企及的，便是她的韵味，那种意蕴美。这一点，不具备"道行"的人便无从学起。宗璞之为人，清静淡泊。一般女性所特有的心胸狭隘、嫉妒、矫情、做作等痼疾在她那里影迹全无。凡熟知她的人都以为：她从不为凡俗之事动容。譬如她的长篇巨制《野葫芦记》——这部被一些老作家誉为"新红楼梦"的长篇巨著，写了四代知识分子的命运，描绘了一幅长篇历史画卷，其气度恢宏颇似男子手笔，细部描写又不失作者一贯的典雅与细腻。在写作过程中她曾数度病倒，抱病修改，其艰辛自不待言。然而第一卷《南渡记》发表后，评论界却相当冷淡。对此，她处之泰然。而《东藏记》获了茅盾文学奖，她虽高兴，也绝无得意忘形。"不以物喜，不以己悲"，这一点，恐怕只有"修炼"到了某种境界的人才能做到吧。难怪连汪曾祺也称她为"宗璞道兄"呢！再譬如她的散文《哭小弟》，原是一篇至情至哀、见血见泪的文字，却写得那样自然、质朴，写到极致，也只是"呜呼！言有穷而情不可终！汝其如也邪！其子知也耶？"没有一点点张扬和矫情。文如其人——在宗璞这里，这句话是真实的。

宗璞的写作间里挂着一幅写意荷花，是汪曾祺所写。荷花设色单纯，内涵神韵，古朴典雅，清静淡泊。"清水出芙蓉，天然去雕饰"，这大概是汪老的深意所在吧。

我原先住海淀南路，离北大近，常去燕南园串门儿，只偶然见过两回冯友兰老先生。后一回是在 1990 年夏，其时冯老正在院子里散步。一架深色的眼镜，一部飘拂的银髯，颇有古东方圣贤的气派。当时宗璞告诉我，冯老耳目已失聪明，但头脑清晰，精神尚好。

谁知时隔半年，"三松堂"上竟悬挂了冯老的遗像。在1990年11月底一个寒冷的日子里，冯友兰先生仙逝。消息传来，我立刻想到一向敬爱父亲的宗璞该有多么悲痛。那一段时间我不敢去看她。因为我觉得一切安慰的语言，在这种悲痛面前都会变得苍白无力，毫无意义。丧事办完之后，她好像消瘦了许多。过了不久，她便因病住院了。

　　宗璞过去曾讲过，她走上文学之路，首先得益于她的父亲。冯老虽是哲学家，于文学却颇多造诣。能写旧诗，很有文采。且常对于文艺有独特见解。宗璞自小耳濡目染，受益匪浅。

　　宗璞的家族颇有文学传统。冯老的姑姑便是位才华卓著的女诗人，留有"梅花窗诗稿"，可惜18岁便早逝；宗璞的姑姑冯沅君，是五四时期的著名女作家，曾因勇敢地歌颂人性解放与自由，而得到鲁迅先生的高度评价；还有宗璞在哈佛大学读书的侄女，则能够用英文写出很有文采的作品。对此，冯老曾自豪地题曰："吾家代代生才女，又出梅花四世新。"

　　冯老总是十分关心女儿的文学写作。第一卷《南渡记》出版之后，冯老曾在女儿生辰时兴致勃勃地写道："百岁继风流，一脉文心传三世；四卷写沧桑，八年鸿雪记双城。"（因长篇原名）《双城鸿雪记》，又特别写上"璞女勉之"几个字。宗璞十分珍重父亲这份期望，但是为了帮助父亲撰写《中国哲学史新编》，她忙于料理家务，照顾父亲，无法再腾出时间精力来继续自己的写作。冯老对此深感不安。在1990年夏为女儿撰写的最后一幅寿联中，冯老写道："鲁殿灵光，赖家有守护神，岂独文采传三世；文坛秀气，知手持生花笔，莫让新编代双城。"——好一个"莫让新编代双城"！这样的父女之情是多么含蓄，又是多么深厚。

　　多年来，宗璞在文学创作之余身兼数职，同时是冯老的秘书、管家、医生和护士。她是极为忠于职守的。在宗璞和父亲相处的数十年间，有多少时光是在病房中度过的呀！有时远在异国他乡，她也要守候在父亲身边侍病。尤其是在冯老的最后几年里，经常住医院，1989年之后更为频繁。宗璞自己身体并不强壮，其劳碌忧心可以想见。当然，也有辉煌的时刻，1982 年 9 月 10 日，美国哥伦比亚大学授予冯老名誉文学博士学位，宗璞陪父亲赴美。这是一次东西方著名学者荟萃的盛会。会上，学者们对于冯老的学术成就做了高度的、公允的评价。对此，宗璞深感欣慰。

自从进入 80 年代后，宗璞便每年都要为渐至耄耋的父亲办一次寿诞会。在九十华诞会上，冯老说了这样一番话："长寿的重要在于能多明白道理……孔子云：假我数年，五年以学易，可以无大过矣。五十岁以前，没有足够的经验，不能理解周易道理；五十岁以后，如果老天不给寿数，就该离开人世了。所以必须'假我数年'。若不是这样，寿数并不重要。"冯老的这种达观，正是他之所以能度过"无量劫"而保持身心健康的主要原因。无所求于外界的内心，永远是稳定和丰富的。宗璞同样有这样稳定和丰富的心。有了这样的心，在世事面前便可以宠辱无惊，乐观洒脱。正是"我来问道无余说，云在青天水在瓶"。

宗璞虽然已是耄耋之年，依然像过去一样智慧而洒脱。她正在从失去亲人、身患疾病的大不幸中走出来。我期待着《野葫芦记》早日完成，看看那葫芦中究竟"装的什么药"。

二、早年的崔之元与《晚霞消失的时候》

最初相识的时候，崔之元教授才十九岁，我们叫他小崔。

有一件趣事不可不说：当年看到《十月》所发一篇《晚霞消失的时

候》，非常喜欢，想认识作者，崔之元立即说，此事包在他身上。

崔之元是我和邻居好友钱玲共同的朋友。早在一九八二年，他就曾经受上海复旦大学朋友之托，给钱铃带了一本书到北京来，那本书是台湾学者孙隆基写的，题目叫作《中国文化的深层结构》，我看过之后深受震撼。小崔直言不讳地对我的小说提意见："小斌姐的小说缺一种东西。"第二天他就拿来一篇小说，说是朋友写的，玲玲抢着先看，没看几行就红了脸，我仔细通读了一遍，写的是一个女人，如何为了养家去跳脱衣舞，通篇全是性描写——于是我们就怀疑其实是他所为，两人你一言我一语地把他给批了一通，他红着脸申辩："是朋友写的，和我一点关系也没有。……不过，我倒觉得他写得很真实，像小斌姐写的那种东西太素了，简直就是全素斋……"

后来，小崔假期的时候几乎天天来玩，每次都侃得昏天黑地。所以我一说想认识那位署名"礼平"的作者，小崔立即就有了行动。他连夜赶写了一篇评论给十月编辑部寄出去，请他们转给作者。没想到，等到第七天的时候，"礼平"真的回了一封信，邀请我们去他家里玩。——他的真名叫刘辉宣，是当年北京男四中一派红卫兵的领袖。

那是个部队大院，显然刘辉宣的父亲是这里的首长。当时他站在门口接我们，就着月光看去，我发现他与我的想象完全不同，而且，和我认识的一些当年中学运动的领袖人物也完全不同，连说话的方式也不同，我当时恨不能就觉着这个人是冒充的，根本不是什么礼平！我是见过几个红卫兵头头的，都长得有模有样儿的，用现在的话来讲就是很酷。道理很简单，哪个红卫兵也不是省油的灯，就是再有才，形象太差也镇不住。何况，这位礼平的文笔那么美，思想那么深邃，见解那么独到，怎么也和眼前这位老兄对不上号。我失望得毫不掩饰，小崔为我作介绍的时候我甚至连看也没看对方一眼，连起码的礼貌都顾不上了，一心就想一个字：走！

他家的院子很大，院中央有石头桌凳，月光下，一个长发女子坐在凳子上梳头。显然，她的头发是刚刚洗过的，肩上披着大围巾，月光下她的笑容非常婉约。

"这是我爱人。"刘辉宣介绍。

"一……一定就是书里的南珊了。"小崔结结巴巴地说，小崔一激动或者一遇见生人就结巴，特别是当那生人是个女人的时候。

"说对了。"刘辉宣兴致勃勃，"来，你们坐，……你们一定在想，这家伙是怎么把这样的美女骗到手的，对么？哈哈哈……"他笑着，立即就要讲述他的 Love Story（爱情故事）。还是他夫人做了好事，拦住了他："喂，你还没请人家喝茶——"她轻言细语，秋波闪闪，言谈举止十分得体。

那一天我觉得自己受了个把小时的罪，总算是出来了。一出来小崔就结结巴巴地埋怨："这……这这很荒唐嘛！小斌姐，不是你要见他的么？怎么一见面你就想走？这是什么意思嘛？小斌姐，你得开拓视野啊！……"

我无话可说。

小崔回去就把我的表现向钱玲做了汇报。钱玲哈哈大笑之后说："她就这样，叶公好龙。"

小崔依旧常常来，借给我各种稀奇古怪的书，把各种高端前卫的思想介绍给我："控制论与社会""希腊城邦制度"……玛尔库塞、顾准、吉布斯、维纳、马克斯·韦伯、本雅明、卢卡奇……那可是在八十年代啊！

九十年代初，小崔告别朋友去了美国，我认为是早晚的事，一点不吃惊，在很长的时间内都有通信来往。

崔之元，现为清华大学公共管理学院教授，博士生导师。1995 年获美国芝加哥大学政治学博士学位，曾任教于美国麻省理工学院政治学系，并于德国柏林高等研究中心、哈佛大学法学院从事研究。2007、2008 年春季学期任美国康奈尔大学法学院杰出访问讲座教授。

2022 年我们再次相见，他除了头发变白之外没啥变化。依然是那一双对世界充满好奇的眼睛，他的朋友圈，几乎天天转一些最前沿的中外资讯，他感兴趣的领域实在太多，多到目不暇接。

他偶尔也有压力，觉得很多人对他的期待值很高，他应当写一部大部头以回馈关爱他的朋友。但有时又认为，孔子的"述而不作"有道理。

无论如何，他曾经是一个天才少年，至今，他依然怀有"赤子之心"。

三、"两个凡是三棵树"

1985 年底认识王朔。

是在十月编辑部召开的一次会上。基本都是北京作家，我照例坐在最边角的位置上。会开完了准备吃饭的时候，一个穿一身军装的年轻人走过来，小声问我："你是徐小斌吗？"我说是。他又问："是你写的《对一个精神病患者的调查》吗？"我说是。然后他笑了一下，他那个笑带着北京男孩特有的坏劲儿："哎哟哥们儿当时就想，中国还有人能写这个呢?!"一句话把我逗乐了，然后他像连珠泡儿似的侃开了，自我介绍说叫王朔，我立即想到了《空中小姐》，他害羞似的说："那个没什么，哥们儿正写一中篇呢，应该还成。"他跟我边走边说，到了我的房间，那时都是两人一房间，我正好和北京市委宣传部文艺处的头儿陆莹住一屋，王朔连珠妙语不断喷涌，逗得我和陆莹哈哈大笑，那次他问我是否看过《上帝的笔误》和《拧紧螺丝》，我说没看过，他就说，他将来会写一部带有侦探意味的小说，名字都起好了，叫"单立人儿"。那天聊到去吃饭都晚了，大家互相留了地址电话。也巧了，他家是复兴路83号院儿，正好我当时工作单位中央电大租的是他们院儿的房子，我每周会去上两天班。复兴路83号院儿，可真是出人啊！张辛欣、沙青都是他们院儿的，还有我暂时无法说出名字的一位——简直个个都是人物。

1986年底，全国第三届青创会在京西宾馆召开，那次会议可是太热闹了！大家夜以继日地聊天儿，唱歌，玩儿……那简直是空前绝后的一次会议，宾馆的服务员都服了："还以为青年作家是什么高尚人物呢！闹半天是一帮最懒最馋最脏的人！"可不是吗？这帮人吃的瓜子儿都堆成山了，被子成天不叠，彻夜唱歌儿……毛病真是太多了，可是多么快乐呀！真心快乐的会议只有那一次！

也就是在那一次，王朔把他当时的女友沈旭佳介绍给了我，当时他和她正在跳舞。沈并非像传闻说的那样天姿国色，但却很有特点。是那种西亚北非式的浅黑色皮肤，身材极佳，穿着讲究，非常洋范儿。王朔笑嘻嘻地介绍："阿姐，这是我女朋友沈旭佳。"那时他叫我"阿姐"。沙青叫他"朔儿"。

在所有青年作家中，王朔是收获最丰的，他接连接到两位大导演的电话：夏刚和米加山，要改编他的小说。此前，这代作家里，只有莫言的《红高粱》、我的《弧光》和刘恒的《菊豆》算是改编成电影了。王朔一下子卖两部版权，也算是史无前例。那时他接电话常用北京暗语："多少屉？""带蜜来吗？"——"火红的屉""绝飒的蜜""疯狂的喇"——是当时北京男孩最常用的三个词儿，就是钱、漂亮女孩、女流氓。

此前，王朔在《青年文学》发了一个中篇《橡皮人》，当时的评论家曾镇南还给他写了个评，我记得当时看了评之后就给他去了个电话，笑曾镇南用的那个词儿："王朔还有另一只狰狞的眼睛"，他听了笑个不停。他和沈跳舞时还忘不了继续说这事儿："你喜欢《橡皮人》啊？那是上，下期青年文学还有下呢！"

此后王朔就开始大火了，我的一贯准则是宁可雪中送炭不要锦上添花，朋友火了就得自觉离远点儿。但应当说，王朔还是很讲朋友情义的。1993年我调到央视电视剧中心，领导让我请苏童、余华、格非三人策划一部剧，没想到这三位先锋好手策划了一部拐卖儿童剧，又不守诺言坚决只策划不编剧，于是编剧重任只能落在了我的头上。我是生平第一次写"命题作文"，痛苦不堪。最要命的好不容易写完了，头儿突然说：中央电视台表现这种社会黑暗面，不合适！

这不是涮人吗?！那时我还不懂搞影视就是涮人，所以特别不能接受。恰巧当时叶大鹰刚投给王朔注册了一个公司，地址就离剧中心很近，就在那部剧开研讨会的前夕，我决定和头儿对着干，把剧本卖掉。给王朔打了个电话，他问："谁写的？"我说是我，他说，成，明儿你来签协议吧！——真是无与伦比的痛快！当然，他也得共赢，不然就不是王朔了，他三千一集（当时三千一集是正常价）买了我的本子，转手给郑晓龙卖了一万一集，一集净赚七千。后来此剧在北京电视台常青藤剧场播出，叫作《千里难寻》。（近日朋友在豆瓣上居然找到此剧，评分还挺高：8.5分，但并没有标明编剧和导演的名字）

1995年世界妇女代表大会在京召开，女作家出了两套书，一套是王蒙主编的《红罂粟》，一套是王朔陈晓明他们策划的《风头正健才女书》，我已经签了前者，如实对他们说了，当时的华谊出版社金丽红说，只要篇目不重复就行。于是我成了唯一跨两套书的作者。

1996年我应杨百翰大学之邀赴美讲学，毗邻的科罗拉多大学接着就发了邀请，是葛浩文发的，当时他在科罗拉多大学任教。

当年的葛浩文还算是帅，也还有些影响力，他吆喝来了好多人，我演讲的题目是《中国女性文学的呼喊与细语》，出乎意料地受欢迎。演讲过后，他给我开了一笔当时还算可观的讲课费，据他说，高于此前来过的苏童和老贾。

刘再复当时是他的邻居。记得复活节那天是在刘再复家吃的饭，刘教授夫人做一手好菜，巨大的火鸡丸子居然能烧透且香气扑鼻，真是烹饪高手。

葛浩文当时正在翻译王朔的《玩儿的就是心跳》，有很多不明白的地方，每天都要问我数十个问题，有些问题他也确实没法儿明白，譬如"高高山上一条牛，两个凡是三棵树"，这要不弄明白背景，还真是没法儿翻。我答得极其耐心，比若干年后人家翻译我的小说还耐心。

离开科罗拉多、准备赴宾夕法尼亚州立大学演讲的那天，老葛无意中说的一句话，一下子破坏了他高大上的形象，把他从神坛上拉了下来——他突然问我："你知道中国女作家谁写得最好？"然后他自问自答："是艾蓓！"我目瞪口呆，对他的印象一下子沉到了谷底。艾蓓，就是《叫父亲太沉重》的作者。当然，也是因为我那时还太年轻幼稚，其实后来想想也没什么，正常。无论如何，葛浩文对中国文学走向世界的贡献还是挺大的，他那时就看好莫言。自从莫言获奖，老葛也是身价倍增——大火了！

返京后我真想给王朔打个电话，后来一想还是算了，免得有邀功之嫌。

2001年一起去云南。到了九乡，登舟远眺，大家心情颇爽，穿过地下大峡谷到了三脚洞，接待我们的是10多公斤一桶的九乡彝族泡缸酒。那时王朔早已火遍文坛，很多人来给他敬酒，求签名拍照，王朔豪饮之后，在两个漂亮女孩的簇拥下进入三脚洞探险，洞里边漆黑一片，凉意袭人，其实当时大家都已有醉意，深一脚浅一脚地走着，完全不知道前路是什么。在大家都打退堂鼓的时候，王朔仍然坚持前行，回来的时候，全身都被淋湿了，仍然意犹未尽。

王朔一路上跟我说喝酒的事儿，说酒后眼前会有奇幻景色，对写小说极有帮助，如果恨谁，就会看见"他在你面前慢慢溶化"——他说的活灵活现不由人不信。后来到了一个寨子，因为太渴，也是傣族家酿酒喝起来像糖水，我一气儿喝了四杯，结果脸比我当时戴的红镜框还红！王朔笑嘻嘻走到我面前说："你看我没说错吧？"我说："王朔，我看见你正在我面前慢慢溶化……"旁边的人被逗得哈哈大笑。

回来后好久没消息。直到他出了《我的千岁寒》，让长江社递了我一个签名本，我原是想给他写个评的，但读罢之后，深感他的内心有了很大的变化，绝非可以用廉价的短平快式的文字所能概括，一时无从下笔。其实王朔是个内心极为纤细敏感自尊的人，与那些用伪善装饰自己的人恰恰相反，他是用表面的"恶"掩饰内心的善。而且最难得的是：他是个真人。"真人"在这个时代当属凤毛麟角。真不知"痞子作家"这样的头衔是怎么落到他身上的。这难道是一个粗鄙时代对一个作家的误读？

接着又细读了他的《致女儿书》与《和我们的女儿谈话》，与很多人不同，我更喜欢后一部。后一部的局部，我读了多遍，从中看到很多很深的东西，深深感觉到王朔思考的深度，可以负责任地说，迄今为止的许多评论都没有触及他的深度。我想等闲下来，务必要写一篇对这部小说的感悟。明知道一切阅读都是误读，但还是想把属于我的解读说出来。

四、沉思的老树

林斤澜老师，是在 1986 年认识的。去张家界。当时有一批年轻作家同行：沙青、张小菘、路东之、李功达、李京西……当时《北京文学》的编辑陈红军亦同行。那一次感觉实在是太妙了！一路听林老谈弘一法师李叔同的生平，听林老谈今说古，实在是一种享受，大家都被迷住了——而看林老走路更是一种惊奇：至今都清晰地记得林老在张家界金边溪健步如飞的场景——好像就在昨天。

后来无数次地看到他健步如飞的背影——因为我们这些年轻人全都走在他的后面，张小菘曾经气喘吁吁地说："我可真服了林老师了，2985 级台阶，好像没费什么劲儿就上来了！"

2000 年和林老一起去越南，再次领教了他的健步如飞，每每赞美他的行走，他的眼睛里总是闪着孩子般顽皮的光，颇有几分得意地说："汪曾祺是读万卷书，我是行万里路！"行万里路的他肚里有数不清的故事，几杯酒下肚讲起来，妙趣横生，于听者绝对是巨大的享受。

——于是以为他身体很好，他却说，其实他四十上下的时候心脏就出过问题，被大夫宣判过。但是他笑着说："其实大夫的话真不可全信，你们看现在我不是活得好好的？"每当吃饭的时候，看着他抿一口酒，吃一口菜，那样子别提多美了，谁能想到他是个几十年前就曾经被大夫宣判过的人啊？他的酒是无论如何断不了的，凡去过他家的人都能看到那一面墙的酒瓶，那真是美轮美奂的工艺美术品展览啊，有些酒瓶的造型匪夷所思，指出来，林老脸上便写满了得意的笑容。

自越南回来之后，庆邦、德宁和我便常常与林老相聚，庆邦每每都要带上一瓶酒，与林老对酌，林老是有大智慧的人，越到晚年，说的话越是精彩含蓄，现在真是后悔没把那些话精准地记下来——那不但是一个大作家极其丰富的内心世界，也是中国文学宝库中一份不可多得的瑰宝啊！（幸好还有程绍国先生的《林斤澜说》流传于世）

林老对于文字极尽考究，就在去张家界的路上，他说出了让我终生难忘的一段话，他说对于小说优劣的评判应当有三个标准，第一便是文字，第二是艺术感觉，第三是想象力，这段话我对很多朋友讲过。他对自己的文字要求几近严苛，越到晚年，越是彰显出他卓尔不群的功力，他的短篇，文字精到得一字无法删改。他的《矮凳桥》系列，每篇背后都有深刻的隐喻，那篇叫作《溪鳗》的小说，更是精彩之至。我曾经在剧中心报过一个选题，想把几位著名作家作品改编成系列电视剧推出，第一部便是《溪鳗》，选题几上几下，最终因领导担心收视率的问题而没有被批准，非常遗憾。

林老对于后生晚辈的指点扶持更是令人感佩——早在九十年代初他就向我们推荐刘庆邦的《走窑汉》，认为那是一篇好小说。那时我与庆邦尚未相识，但林老的话印象颇深。1994年，我的长篇《敦煌遗梦》首版开研讨会，林老来了，第一个发了言，那篇发言我至今留存。他说："小斌最会出新招子了，这个长篇的写法很不同。现在有一句话叫作'国际接轨'，我看小斌的这篇小说就有点国际接轨的意思。"——那是我第一次听到"国际接轨"这个词。正巧在十年之后的2004年，《德龄公主》开作品研讨会，刚刚出院的林老在推掉几个活动之后，再次参加了会议，并且依然是第一个发言，他说他曾经为北京作协推出的丛书写过一篇序，里面写的那个"无所事事"和"想入非非"的女作家说的就是我。他说这两个词本身有点贬义，在这里却是"赞扬"，他说："无所事事给我的感觉就是，它既不解释政策，也不解释外来的思潮，什么也不解释，她只说她自己的。想入非非是说她走的路是主观的路。北京的小说有一路是走写实的，一路是走主观的，主观的少。写主观的，就牵扯到人家看懂看不懂。最近她写的《德龄公主》我觉得就能引起共鸣，这条路能够给人带来别开生面的东西。"——林老的褒奖，令我诚惶诚恐的同时万分感激。

然而我们三人最后一次见林老，他却是一反常态不再说话了。那天天气很冷，我们像以往一样不断地说着，他却是一语不发。我最后实在忍不住问道："您今天怎么不说话啊？"他沉默良久，慢慢地说了一句话："我觉得自己正在慢慢地告别这个世界。"

当时我心里一惊，一种寒意慢慢升起，凉彻骨髓。还为这句话与德宁通过电话，但是时过境迁，看林老安然无恙，也就不再深究了。后来我又因事单独去过他家，看他尚好。

2009 年 4 月 10 日听刘恒说林老病危的消息，立即给庆邦打了电话，约定 12 日下午两点去同仁医院探视，11 日下午四点五十许，跟林老的女儿林布谷通电话问情况，当时布谷声音急促："已经走了，正在穿衣服……"

下面的话我几乎听不清了。放下电话，一直发呆到五点，才颤抖着抓起电话，把这一噩耗告诉庆邦。庆邦遂通知了周围的朋友。

好久缓不过来，不敢相信这是真的——因为此前有多次报病危的事，特别是近年来，几乎每年春天都会有一次住院。而每一次，林老都以自己极其顽强的生命力挺了过来。不敢相信，这一次他竟真的甩掉了我们这些常常与他相聚的晚辈，独自上路了！

大智者林斤澜，已经预感到生命将近，但这位"沉思的老树的精灵"（黄子平语）的精彩纷呈的一生，已经充分体现了作为作家与人的最高的生命价值——那不是世俗的价值判断，那是一种光芒，他将照亮后世那些真正追求纯粹的作家与艺术家，为那些孤独的行路者带来内心的温暖。

五、天国赤子

——痛悼 John Howard-Gibbon

我和他远隔一座浩瀚的太平洋，从未谋面。

但似乎又离得很近：我的《羽蛇》，他似乎十分懂得。特别是：懂得她的孤独，她的寂寞，她的神性，甚至她潜伏得很深的善良。

因为他，也是这样一个人。

因为孤独，因为寂寞，或许还因为别的什么，他游向茫茫大海，离我们而去了。

他有每天游泳的习惯，他说话像个孩子：幽默，纯真，但内心孤独略有自闭。他渐渐老去，靠酒和安眠药打发他过度发达而已无力表达的智慧。终于，在 2011 年夏末秋初的一个早上，他迎着东方出现的曙色，只身游向大海，游向天国，淹没在太阳的金辉里，再没有返回人间。

第一个把这一噩耗告诉我的，是中外名人文化公司董事长陈建国先生，当时我已经坐在飞往悉尼的 CA173 航班上。听到陈总在电话里的讲述，我的泪水夺眶而出。

几天后我返回北京，接到我的代理、好友久安女士的邮件：

> 小斌，老 John 于 8 月 26 日去世了。我本来是预订 9 月 7 日的机票去看他，还是晚了。我现在很难过，不能多写。
>
> 久安

只有两行字，但其中的伤痛之情，只有我们两人知道。

John Howard-Gibbon，著名英裔加拿大翻译家，曾经在中国生活居住了很长时间，在外语学院教过书，担任过《中国日报》副主编，翻译过大量文学作品，对中国文学有着赤诚的热爱。他的祖先，便是鼎鼎大名的《罗马帝国的兴亡》的作者。他一生中最后翻译的一部小说，是我的《羽蛇》，事情要从 2004 年说起。

那一年，我所在的工作单位央视剧中心要做一部境外拍摄的电视剧《小留学生》，我是项目负责人，和剧中心副主任与导演一起赴加选景，从渥太华、温哥华、多伦多、蒙特利尔一直走到最东部的纽芬兰，一路上强烈感受到旅加华人的热情。在温哥华期间我们结识了一对年轻夫妇章迈与贺娜，这一对金童玉女对文学非常热爱，品位很高，由于他们的介绍我们得以认识著名诗人洛夫先生，洛老还十分热情地请我们到他家做客，让我们品尝他夫人做的美味佳肴。为了回报章迈夫妇的热情，我临行前赠给他们一本新版《羽蛇》（人民文学出版社 2004 版《羽蛇》）。回京数月后，我从章迈的邮件中得知，他们已将《羽蛇》推荐给了 John。章迈介绍，这是一位熟知中国文化的非常棒的翻译家，但他同时也说，John 年事已高（当时 73 岁），在接受翻译方面十分审慎。

在忐忑不安中我度过了 2005 年。岁末，我终于与 John 通上电话，在电话中我感觉到他的幽默与坦诚。他说："我这个老外觉得你的中文水平很高啊。"但是他紧接着说到了翻译此书的难度，他说有些地方几乎是不可译的。紧接着发来的"伊妹儿"中，他说他要在翻译前再精读一遍此书。他的极其认真的态度让我肃然起敬。以下是他在 2006 年6 月 22 日发来的一封邮件，此时他的心情似乎很不错。

亲爱的大斌！

　　很长时间没有跟你联系。好像我上次给你发电信我告诉你我下次发要等我到《羽蛇》三百五十页的翻译注解的一半（175页）都准备好了。这个目的上个星期达到。我现在看完了到187页。好像我的速度快一点，不过我还是有的时候碰到对我有一点困难的地方让我的速度减慢的下来。现在我开始觉得这批工作的完成是有一点的希望。不知道你自己的意见有没有改变。如果有的话我真的会明白。我自己的生活的事情会影响我的翻译工作的时间和速度。我现在每天要留下两个小时为了看你的书。希望你的生活和工作的情况都好。

　　你的老外的读者佩服你。我看的出来你的中文的程度很了不起。你的懂人的动作跟思想也一样。

霍华

　　他有时叫我大斌，有时叫我小大斌或者大小斌，有时自称白酒翁，有时又自称长臂猿，非常有趣，他说他非常喜欢这部书，但是坦率地说，他的译书速度会非常慢。他说如果我嫌慢的话就可以找别人，不用考虑他的感受。我十分坚定地表示，再慢也没关系，我会等待。

　　就这样，在2007年的4月份，他终于译完了《羽蛇》的前三章。而就在此前，我结识了著名文学版权代理人久安女士。

　　久安身居纽约，是美国唯一的华人代理，她生于北京，毕业于上海复旦大学英美文学专业，于1985年赴美国纽约。2000年创办"久安版权代理公司"，从事双向版权代理工作。与John一样，她对文学热爱到了虔诚的程度。恰恰2007年11月地处达拉斯的美国文学翻译中心举行三十周年庆典，五十个国家与地区的汉学家云集此地，久安也作为我的翻译被邀请参会，此前她告诉我，在她的不懈努力之下，位于纽约的世界著名出版社西蒙·舒斯特天价购买了我的长篇小说《羽蛇》和《敦煌遗梦》，这次我赴美，正好可以在开完会后绕道纽约去签约。久安是眼光极高的人，开会的顶级汉学家不乏其人，却一个都不在她眼里，她一心只想由 John 继续翻译，在达拉斯美国文学翻译中心的游泳池旁，我们跟 John 通了电话。此前，他曾经坚决拒绝与他人合作，对久安也采取了一种拒绝的态度，我就一个电话一个电话地打过去，慢慢说服他，此时终于见了成效。

然而 John 毕竟已经是七十多岁的老人了，虽然他有着一个苏格拉底式的智慧头脑，但终究是精力不济，他的认真更加导致他翻译速度的缓慢，而西蒙·舒斯特只给了一年的时间。久安便亲自上阵参加初稿的翻译了，这一招是险棋——因为所有人都告诉我，做翻译一定要是母语是英语的人，这是最起码的一条，然而我的直觉告诉我，由于久安对于《羽蛇》的特殊热爱，她应当可以参与《羽蛇》的翻译，或许，她和 John 会是最佳搭档呢。

久安成为最忙的人，她一面要不断地同 John 交流，一面要不断地同我交流，初稿完成之后，她带着电脑去了加拿大，在与 John 的面对面的交流过程中，他们产生了深厚的感情，久安把他们的照片传来，我简直不敢相信那位和久安靠在一起表情活泼的人就是之前那个面容严肃的老 John！

2009 年，《羽蛇》英文版全球发行，长着双翅的《羽蛇》飞向了世界，在那一瞬间，我热泪盈眶，想起那一句歌词："没有什么可以阻挡，我对自由的向往！"我最该感谢的人，当然就是 John 和久安，他们就是我的双翅！为此，我到云南腾冲为他们买了两对翡翠挂件，听久安说，John 把这副挂件挂在了他亲爱的姐姐的照片上面。

按照宝石学的定义，玉的价值可以超过黄金几百倍甚至几千倍。所以俗话说：黄金有价玉无价！

我与 John、久安的友情无价!

斯人已去,John 的高贵、纯真、幽默、博大精深、慷慨无私让我们这些活着的人无比怀念!

我相信,John 本来就是天国赤子来到人间,现在他回去了,带着来自人间的欢乐与痛苦,回到了天国。

John,你在天国还好吗?

六、"改革四君子"中的两位朋友

1986 年夏,当时我还在中央电视大学经济系任教,与一同事共赴大连组课。一日黄昏在大连海滩,我俩泳后上岸,正自调笑,见二人泳装外披着浴袍,似乎上岸不久,正在激辩。听见我们的声音停止争论,问道:"你们也是北京的?"

那时,北京圈子林立,若在外省听到北京口音,无论男女,一律感觉亲切,搭讪是常有之事,因此我们并未觉得有任何突兀。

那位高鼻凹目留胡须、颇有几分西人模样儿的男子说话直奔主题,听说我们是电大经济系教师后,立即说对这种新兴的远距离教学有兴趣,很快便聊开了。旁边那位更加瘦高、长着典型的南方人面孔的男子话很少,只在空白点"插播"一两句。终于知道,这二位便是当时红极一时的朱嘉明与黄江南。那位西人模样的是朱嘉明,高而瘦的南方人是黄江南。

恰巧我当时刚刚读了他们的书《历史的沉思》。也是那时少年意气生性憨直,便十分直接地谈了我的意见与看法。黄江南显然极为自尊,容不得一点质疑,立即解释他文章的用意,而朱嘉明虽未插嘴,显然同意我的观点。直到黄昏的风把我们吹透，才四人结伴离去——也是巧得很，竟住在同一座宾馆。

分手时，朱嘉明忽然说，会议主办单位发了他们每人一个水晶杯，他想把那个杯子送给我。当时尚无会议送礼品风气，水晶杯尚属稀罕物儿。黄江南听了，也笑笑说，把自己那个杯子送给我的同事。杯子当天晚上就送来了。他们谈兴很浓，偏我当时也极关心时事，聊得十分投机。

凭我的记忆，一开始朱嘉明说他习惯夜里工作。整听整听地喝雀巢咖啡。黄就调侃说朱喝咖啡把头发和眼睛都喝成咖啡色了——朱笑着挠了挠头皮，果然，他的头发和眼睛都现出一种浅浅的咖啡色。

我同事就说听人说，朱嘉明能在三天之内打好一个数万字的腹稿，储备起来，谁也别想刺探出点儿什么。然后在需要的时候再倒出来。我说，那不是骆驼吗？大家哈哈大笑。

当时还是个谈市场色变的时代，但是他俩的观点十分大胆。他们认为中国经济改革中最关键的一点就是要在宏观控制的前提下搞活微观。过去一个是统得太死，一个是平均主义、大锅饭。根治这种痼疾的良方就是要逐步建立完善社会主义的市场体系。他们指的市场并不仅仅指生产资料，还包括技术市场、建筑市场、信息市场，甚至金融市场等等。

那天晚上聊得太嗨，以至于多少年之后都记得聊天的内容。

1986年底，第三届全国青年创作会议开幕。全国青年作家汇聚一堂，彻夜狂欢。记得在扎西达娃的房间里唱了一夜的歌。大家都雄心勃勃地要寻找创新之路。我虽没说什么，但心里已有长篇雏形在慢慢生长。三年后，我的长篇处女作《海火》问世，当时引起的关注不多，但凡读过的都非常喜欢，张志忠先生还为此书写了一篇极佳的长篇评论。

二十年后，《海火》更名为《海妖的歌声》由磨铁再版。沈浩波说，徐老师这部作品历时二十年，一点没有过时。这话从一位大书商嘴里说出来，多少让我有点意外。

又过了十五年，今年，35岁"高龄"的《海火》入选了"中国小说一百强"，三位北大中文系的博士为《海火》写了一组评论，发表在《中国当代文学研究》刊物上。他们写道："入选的《海火》是徐小斌的长篇处女作，完稿于1987年，首版于1988年，这是一部有着鲜明的八零年代气质的杰作，却又是'绽出'于同时代的超前之作。在三十多年后的今天回望，这部奇书愈显出其卓荦超拔。曾经有不止一位研究者吐露过《海火》的难懂难解：'《海火》是一阵飓风，把任何试图对之发出挑战的读者都牢牢地扯入风眼中心，抽身无门。'这并不是说《海火》晦涩，恰恰相反，徐小斌的笔法顺滑细腻而又充满诗意，思想深邃广阔而又灵动多姿。在似幻亦真的文本面纱下，小说不断翻涌出的新的细节、新的遐思、新的追问，令人欲罢不能——那种感觉就像是迷失在海妖的歌声中，焚身在神秘的海火里。"

有一个秘密现在终于可以说了：《海火》里的男一号祝培明，原型就是朱嘉明。至于那只水晶杯，几经乔迁之后，早已不知所终了。

七、双面姜文

1989年初在兆龙饭店，与姜文结识。

要感谢中央统战部六局，把当时的"非党派民主人士"聚在一起开了个会，展眼一望全是老前辈，只有我和姜文好歹还算是一代人，统战部的人就给我们介绍了一下，坐一块儿聊天儿了。

没想到越聊越上瘾。当时他已经主演过电影《芙蓉镇》，三句话不离刘晓庆，后来我才知道当时他正与刘处于热恋之中。他说《芙蓉镇》里让刘晓庆 NG（不好）的事儿，"让晓庆摔出去，她是真摔啊，NG 多少次，她每次都是真摔，胳膊都破了！"心疼之情溢于言表。

然后他仔细地问有关我小说的情况，喜欢写什么类型的小说，对人物和情节怎么把握，什么时候会有灵感，如何构思等等，他对我刚出版的小说《海火》非常感兴趣，专门问了有关男一号方达的一些细节，并且说，如果有导演感兴趣，一定要联络他。我则不断地问他有关《芙蓉镇》的事儿。两人聊得热火朝天，以至会议结束了我们还在聊。

到《阳光灿烂的日子》，姜文已经大火，后来又看了他的《北京人在纽约》、特别是被禁演但获得了戛纳评审团大奖的《鬼子来了》，对他真是刮目相看。至今，我都认为《鬼子来了》是他导演与演技的里程碑。

后来姜文与我工作的单位央视剧中心合作，两次都未成功。其中一次是拍《陈庚大将》。由陈庚的小儿子陈之涯发起，陈之涯是姜文的哥们儿。几经折腾，合作没成。最后是由叶大鹰导演、侯勇主演才搬上屏幕，收视率居然不错，还得了几个奖。

2007 年，我做完香港回归的一个戏，与李处长一起到姜文处谈事，当时他的工作室在太庙。那天，我们谈兴大发聊各种电影，聊电影的时候我才发现，原来这些名导看的电影并不像我想象的那么多。我是个货真价实的电影迷，自九十年代末始，我一直在小西天电影资料馆看每周两片（未删减），每年花六百块办个卡，坚持了十年有余，而且攒了影碟两万余张。疯狂地看电影，直到把眼睛都看坏了。

姜文其实很有童心，我聊格林·纳威、汉内克、昆汀、库斯图里卡的时候他的眼睛像孩子似的熠熠放光。他问得很细，包括我一般跟哪些闺密一起看电影等等都要问到，那天他说，他有个想法，想拍平型关。希望我帮着联系林豆豆。

因我伯父是林彪的老部下，林未出事前伯父是总参二部副部长，早在林豆豆回京不久、刚刚在社科院近代史所落脚、化名路漫的时候我就已经与她取得了联系。那天漫天大雪，林豆豆当时还在被监控中，故选了她一个朋友家里。应当说，我去见她，一半是出于好奇心。——她的模样并不像传说中的那样完全像林彪，确切地说，应当是林叶的合体。穿着极为朴素，花白的头发后边扎个马尾，衣服依然是六七十年代的那种款式，显得有点土，但是一开口就不一样：我报了我伯父的名字之后，她立即说她知道，然后问我："几纵的？"她问这句话的时候立即恢复了她帅府千金的派头，当我回答"4纵"的时候，她的喜悦从沉静的双眸中流露出来，那样子像是见到了亲人。要知道，4纵正是林彪的嫡系部队，伯父当年一直和刘亚楼在一起，所以他和父亲聊天的时候，提到最多的人是刘亚楼。出乎我意料的是，她谈的最多的不是她的父亲，而是受林彪一案牵连的人。她的真诚不容置疑，她说她为这些无辜者难过并且正在想办法解脱他们的冤情，她特别说到她回东北看望老四野时万人空巷的场面，实事求是地说，四野的老人儿无一不敬重怀念着林彪，当年那首歌"林彪的命令往下传"现在唱起来，依然热血贲张，我们可以站在今人的角度上重新评说历史，但是无法改变那一段史实，也正因如此，豆豆成立了一个口述历史小组，一直在抢救那些幸存者说出的真实的历史。

当时我真的被她感动了。

我们聊了大约三个多小时，她送我出来时，外面是北京罕见的鹅毛大雪，我刚出了楼便滑了个大跟头，她呆怔了一下正想扶我，我却又像个弹簧似的蹭地站了起来，我们俩对视着，她的目光瞬间变得柔和，仿佛看一个愣头青小妹妹似的，我当然有点不好意思，也因此对那天下雪印象特别深刻。

姜文说，如果名字叫平型关太敏感，那就叫"师长"好了。总之他对林彪很感兴趣。然后他让助手给我送去《阳光灿烂》和《鬼子走了》两部剧的原版，让我转交林豆豆。为此我还请她吃了饭，那一天参加饭局的还有豆豆的干妈王老太太王淑媛和她的儿子，王老太太在席间表演了她的拿手好戏、儿歌《小燕子穿花衣》，大家笑成一团，但豆豆对拍电影的反应似乎很淡漠，她说八一厂曾经有人找过她，甚至有人写过剧本，但最后还是被否了。她对此不抱任何希望。

之后，在太庙期间，关于电影，我们还深聊过几次，那时，姜文最喜欢的是法斯宾德和库斯图里卡。

后来，姜文搬离太庙，联系就少了。但是不断有他的各种消息。无论如何有一点是要为姜文洗白的：他并非如媒体和某些人所描述的那般傲慢不羁，他有极为谦和与真诚的一面，起码我与他相处的感觉是这样。

直到后来聚会，又见姜文，当时他正在准备杀青《邪不压正》，在座的还有萧军的孙子萧大忠、许戈辉、张郎郎等人，大家欢聚一堂，一直聊到午夜。

八、刘恒：智者千虑，未见一失

同作为北京作家，与刘恒认识三十余年了。

刘恒是真正的聪明人，智商与情商都极高。最早打交道，是他问我《弧光》编剧费的事，当时他正改编电影《菊豆》。他与老谋的合作从那时开始。

实事求是地说，刘恒的任何一篇早期小说拿到现在，都是当代同题材一线作家们难以超越的。他也有很长一段时间在小说与影视间游移，但最后还是彻底走向了影视。

他不但极能写，还极能说。原来我并不知道这个，因为当时的北京市委宣传部部长李志坚率一众北京作家去韩村河的时候，数他的话最少。陈建功说了很多，郑晓龙也说了不少，冯小刚那时还是晓龙手下的一个美工，还不怎么轮得上他说话。问到刘恒，他只说了一句："上一回也是同样的时间地点，讨论的也是同样的问题，有用吗？"

这句话让我对他刮目相看。后来我才知道他惊人的口才。原来"贫嘴张大民"写的就是他自己！每年他在北京作家年终总结会上的发言，就是一道听觉飨宴，听者无不觉得悦耳洗心，最妙的是每一个层面的人都觉得他说出了自己的心里话，而且就连最挑剔的人也不会觉得他的话会犯忌。会说话，也许在世界范围内算不上什么太大的优点，可是在中国，会说人人都爱听并且不犯忌的话，实在是大智慧啊！

但刘恒绝非无原则的人。《集结号》，获了那么多大奖，其实中途差点夭折——说是刘恒力挽狂澜一点不夸张：冯小刚率众弟兄杀红了眼，集体要求最后谷子地也壮烈牺牲，刘恒一听这话，立即从封闭写作的地方赶到拍摄现场，花了很大功夫说服了冯小刚，这才保住了谷子地一条命，也保住这部片子。

与很多伪剧作家为赚钱组织团队不同，刘恒做电影非常认真，从《菊豆》开始，一部部的电影都是他认真写出来的，他绝不像我这样挑肥拣瘦，投资方找他都会接，《张思德》应当是他的一个转机，当时是张和平找的他，政府投钱，剧本费在当时也算是顶级的了，这样高难度的电影也被刘恒写得风生水起，实在不易；紧接着是《云水谣》，也是政府项目，票房也不错；然后是写王进喜的《铁人》，这三部政府项目给刘恒之后的电影带来巨大的有形与无形资产，他接下来写的《集结号》和《金陵十三钗》给他带来的巨大声望令他成为名副其实的"中国第一编剧"，这时他感觉到自由的降临，他开始写歌剧、话剧……

《窝头会馆》和《乡村女教师》就是他这一时期的代表作。

《乡村女教师》首演他请我去看，并且很想知道我对此歌剧的看法。我是西洋歌剧的死忠粉，若干年前捷杰耶夫率团来华首演歌剧《蝴蝶夫人》，我竟然花了两千多元买了顶级的票去看，那也是西方音乐原班人马首次到中国演出。之后所有的西洋歌剧我从来没落过空。说实在的，《乡村女教师》这名字就让我兴味索然，如果不是刘恒作品，我是绝不会去的。万没想到，此歌剧真的不错，郝维亚的曲，刘恒的歌词真的很讲究，完全是按照西洋歌剧的范式写的。大幕拉开，序曲响起：舞台深处风光如画。欢乐的小学生，劳作的村民们，孩子们的歌声快乐唱响：

> 天空！慢吞吞慢吞吞慢吞吞慢吞吞，亮起来啦……
> 云雾！静悄悄静悄悄静悄悄静悄悄，藏起来啦……

刘恒的成功很大程度在于他的认真，譬如签下《金陵十三钗》之后，他悄悄对我说，这个故事是完全不成立的，他为此专门到南京去了一趟，他说经他考证，当时的南京根本没有基督教堂，只有一所东正教堂，而且关键是：当时的南京，所有的外国人都是在册的，这样的情况不好编故事。但最终，他终于排除万难硬是把故事编圆了。

最有趣的是与刘恒曾经合作做了一把电视剧，刘恒是"总顾问"，庆邦是"文学顾问"，我是"艺术顾问"。河南的一家影视公司请的。题材是写潘安。他们花了大本钱，请我们一行去河南，去了龙门石窟又去黄帝陵，折腾一通，编剧是个很好的人，也是很棒的研究者，但是从来没有写过剧本。我也没客气，第一次开研讨会就提出了极大的质疑，其实就是否掉了这个题材，因为我觉得如果真正为投资方负责的话，应当实事求是地告诉他们，这个题材根本没法做。投资方之所以坚持做这个题材，是因为潘安的故乡中牟县的需要。而按照史实潘安除了貌美孝顺，似乎没什么可取之处。且史实上潘安晚年参与策划的阴谋，已经把他定位在历史的反角上，要为他翻案很难，唯一的可能就是干脆变成"戏说"："掷果盈车"，有点像现在狂热的女粉丝对偶像的崇拜。

但是投资方坚持要做。不但要做还要做大。初稿被我毙了，二稿来了刘恒让我先看，又觉得不行。把审读意见发他，他很赞成我的意见。他之前一直客气，但是这一次研讨会他亮出了真正的身份证！他几乎完全同意我的意见，但是他谈意见的方式真的不能不让人折服。他那种绵里藏针却又一针见血，真的是我学不来的，套用周星驰一句搞笑的话："I服了you！"

但是最让我服的还不是这些。有次我无意中跟他抱怨我儿子性格过于内向甚至有自闭倾向，他非常关心，竟然给儿子写了满满三页纸的蝇头小楷，夸赞儿子写的文章好，也指出了不足。后来，儿子这三篇系列散文发表在《北京文学》上，名为《少年之遇》。刘恒的原信，感人至深。现在仍被我好好保留着，将来是应当成为现代文学馆的馆藏的。

九、苏童的福气

不能不承认，苏童这家伙是个有大福气的人。

写到他的时候，恰逢他获得茅盾文学奖，再一次印证了他的福气。

很早认识他。当时他北师大毕业刚刚在《钟山》当编辑，上北京来组稿，当时北京有许多小圈子，李陀、沙青、林谦、多多和我常常在林谦家里聚。有一天林谦把苏童介绍给我们，当时苏童娃娃脸，完全一个大男孩，他向我们组稿，在座的似乎都不热情。回家的路上，苏童和我坐一趟车，一路跟我谈小说，让我再写一篇类似《河两岸是生命之树》《对一个精神病患者的调查》的小说给他，我答应了，但后来因为各种原因并没兑现。之后不久，苏童的"枫杨树系列"便以不可阻挡之势红了起来，再过两年，《妻妾成群》改编成了电影《大红灯笼高高挂》，便更加火爆起来。

请苏童、余华他们到央视策划那次，我们剧中心当时的副主任、曾经《河殇》的总策划陈汉元先生，对苏童很是不满。原因也很好笑：因为另一个策划组的王朔，见了陈汉元就唰地立正问好，而苏童虽然和我们聊得火热，见了领导却是一副吊儿郎当爱搭不理的样子，且策划的时候也毫不卖力，只是顺着余华的思路有一搭没一搭地"助侃"，拿了策划费就走了，也不承诺当初"分片包干"的诺言。汉元老师多次对我说："王朔不是比苏童更有名吗？为什么王朔那么有礼貌，苏童架子那么大呢?！"说多了我就笑劝他："行了，您至于吗？为这么点小事耿耿于怀的。"

真正与苏童近距离接触，是在 2011 年，我们同时接到美国纽约 Asia 的邀请，由香港某基金会全额赞助，在香港机场，多年不见的我们一见面，苏童就像个孩子似的说："让我看看。"然后细细端详我一下，认真地说："嗯，挺好的。"

我们在香港讲了两场，然后上路。一路上心情少有的好，仿佛回到了八十年代：简单，直接，温暖，完全不用任何弯弯绕儿，那一种氛围，特别合我这个低情商者的胃口。但过关的时候苏童似乎很紧张，在他，还很少有这样紧张的时候，他说了几次在美国过关被关小黑屋的事，我哈哈大笑："难道他们怀疑你是拉登的堂弟？"他却严肃作答："万一我过不去，你自己过去吧？"活像临终嘱咐。我很仗义地说："你要过不去，我当然也打道回府。"结果过关时我和赞助方一前一后把他夹中间儿，非常顺利就过去了。

在波士顿哈佛大学，王德威老师早已安排了讲座，坐得很满，我觉得大家都是冲着苏童来的，让我高兴的是哈金也来了。当时有个报道登在北美的各大网站：

2011 年 11 月 1 日，中国作家苏童、徐小斌应邀来到秋意正浓的麻省剑桥小镇，与哈佛大学师生进行了一场别开生面的对谈。对谈由哈佛大学东亚系中国现代文学研究领军人物王德威教授主持，在座者除哈佛及周边学校师生外，还有著名的华裔美国作家任璧莲女士和哈金先生。对于海外的中国文学研究者及爱好者来说，苏童、徐小斌并不陌生。苏童发表于 20 世纪 80 年代末期的中篇小说《妻妾成群》被张艺谋改编成电影后，蜚声海内外；以《双鱼星座》《敦煌遗梦》《羽蛇》享誉文坛的徐小斌的作品已经被翻译成 13 种文字，日渐引起英语世界读者的关注。

讲座中，苏童与徐小斌首先应主持人要求简短介绍个人近期的创作体验及其与英语世界的接触。在苏童看来，作为职业作家应该写某部重头作品，而《河岸》则是他的梦想之作，对他来说非常重要。不过他表示，写长篇小说仿佛造大船，船造完后扬长而去，只徒留作者在码头看着大船远去，心情有些怅然。《河岸》曾数易其稿，而今中文读者看到的应该是第四稿。他对修改结果表示满意。这部作品很早就被翻译到英国，最近又在美国问世。由于把稿件提交给英译者后，苏童仍然不断地修改，造成英文与中文两个版本差异很大，翻译家葛浩文甚至为此耿耿于怀。处于信息化时代的苏童，也像老一辈作家那样，留恋用笔写作的时代。而在王德威教授眼中，《河岸》这部作品是苏童 20 世纪 90 年代末期以来继《妻妾成群》后，创作的另一高峰。

徐小斌在美国一些评论家和读者心目中是一位富有才华的多产作家，其作品在美国影响较大的有《羽蛇》和《敦煌遗梦》。据徐小斌自述，《羽蛇》对她的意义十分特殊。这是一部女性家族史，讲述的是五代女人的故事，每一代女性均颠覆了历史教科书中所描绘的历史。她认为每分每秒过去的就是历史，而我们看到的历史不过是冰山一角。即使一角，也值得质疑。正是这本书，使徐小斌得到英文译者与出版社的垂青。年届73岁高龄的英文译者决定在有生之年将《羽蛇》翻译成英文，而出版社则决定要求拥有优先遴选徐小斌所有作品的权利，并决定出版《敦煌遗梦》。《敦煌遗梦》具有混沌性和多义性。创作本书的灵感主要源于作家本人游历敦煌时所产生的心灵震撼。徐小斌本人出生于一个与佛教有着深厚渊源的家庭，姥姥以上的女性都是佛教徒，对佛教拥有一种敬畏与好奇之心。也许独特的生活经历是其书写敦煌的创作动因。

但是当时讲座的最有趣的部分他们没有报道，在互动时间，有一男生站起来问我问题："徐老师，作为女作家，您怎么看待苏童笔下那些变态女人？"这问题也太尖刻了，我当时回答："首先，你说的变态，我理解就是非常态。写常态的人，谁都能做到，真正考验功夫的，恰恰是写非常态的人，并不是今天苏童在场我才这么说，我是真正觉得苏童笔下的女人写得精彩。"事后大家开玩笑说我"救了苏童"，晚上吃龙虾，苏童挑了一个大个的给我，我却执意跟他换，换完以后才发现，苏童先给我的那个是最好的龙虾，而我换过来的却是个唯一有点儿缺陷的龙虾，他笑得合不拢嘴，认为他的福气跑都跑不了。

接下来的事儿更证明他有福，我们一行辗转到了纽约，余华已经在那儿等我们。先是每人朗诵一小段自己的作品，苏童是《河岸》，余华是《十个词》，哈金是《南京安魂曲》，我朗读的是新译的英文版《敦煌遗梦》。然后正式开始与印度作家对话。晚上，工作完成大家都很高兴，哈金请我们吃晚饭，叫的都是家常菜，吃起来却很可口。我们四人聊到深夜，十分投契。忽然酒店服务生送来两瓶红酒——原来是苏童的代理快递过来的，余华揭发说：苏童不管到哪儿，代理都会给他送红酒。苏童于是得意扬扬地笑着，像多年前那样，把自己舒服地安放在椅子里——他永远从容不迫地写作、生活、赚钱、卖版权、被翻译、得奖、被一堆粉丝狂热地喜欢，而根本用不着像有些作家那样焦虑、费劲、演戏、自我折磨……这不能不说是与生俱来的福气，且是大大的福气！

十、艾青坐着轮椅看展览

1990 年 8 月里的一天，晴空丽日。位于东城区帅府国的中央美院画廊外面刷出一行斗大的字："徐小斌刻纸艺术展。"墨迹未干，便有朋友们结伴而来了。

一切都依靠着朋友。从经费到联系到布展到展出，仅用了两个星期的时间。大约是因了爬格子的人搞刻纸，使人感到新鲜、好奇的缘故，观者甚众。留言簿上写了不少溢美之词，令人汗颜。报社、电视台纷至沓来。亦有美商想以高价购买我的几幅作品（自然这笔买卖没有做成，由于我的缺乏商品意识，至今不曾打算出售任何一件作品，尽管它成本极低并且耗时不多），一时颇令人鼓舞。更令人鼓舞的是，艾青坐着轮椅而来，细细看了全部作品。

早就听说艾老学过美术，对于民间艺术，尤为喜爱。只是当时身体欠安，行动不便，大家都猜他未必能来。艾老却来了，而且是第一位观众。当他携夫人高瑛出现在展厅里，颤巍巍地在签名簿上写下"艾青"两个字时，我真的心存感激。果然，艾老对于许多展品都有内行的评价。当他看到《水之年轮》《沉思的老树及其倒影》等作品时，良久不语，最后看着我很认真地说：你这每一幅都是创作，想法很独特，应当拿去发表。

于是朋友们纷纷问我：刻纸搞了多少年了？是不是有版画基础？也有更熟些的朋友善意地嘲笑：你呀，你可真是不务正业。

真的是很不务正业呢。

至于刻纸产生的契机则纯属偶然。

80 年代末那段时间我心情极度郁闷，尤其对着"格子"的时候，忽然有了一种深恶痛绝的感觉，常常是，呆坐半日，却一无所获。百无聊赖之际，只好重新拾起"女红"：打毛衣、裁衣裳等等。忽一日，无意间用削铅笔的足刀将一张废黑纸刻成一个黑女人，衬在白纸上，竟颇有一种韵味。于是便收集了一批黑纸，用锋利的足刀精雕细琢起来。开始时还打个小稿，试图藏上一点什么机关、什么寓意，后来索性抛却意念，随心所欲，心境空明地进入"准气功状态"。又有古典音乐相伴，刀尖上便悠悠产生了一种神秘的节奏与韵律。黑的沉重神秘与白的灵动幽雅构成了一个崭新的宇宙，而我在这个宇宙中得到了暂时的休憩。

这种创作非常让人着迷。

由着迷而激发着灵感，由灵感而转化成作品，由作品而成为展品，却拒绝由展品成为商品。正是因为缺了这一环，良性循环中断了。按朋友的话来讲，也就是在为新的"不务正业"找理由吧。

然而我常常在想，真的是不务正业吗？那么究竟什么是"正业"呢？我学的是经济，却走上了"爬格子"的路，后来又搞影视，搞民间美术——可谓杂乱无章，无"正业"可言了。可是，生活却因此而丰富起来，生命却因此而鲜活起来，这不务正业带来的一切，值了。

其实，世上一切学问、一切艺术都是相通的，这道理古人似乎早就明白。舞剑和绘画有何关系？而吴道子观斐旻舞剑竟"挥毫益进"。听水声与写字有何关系？而怀素"夜闻嘉陵江水声，草书益佳"。更有打球筑场、阅马列厩、华灯纵博、宝钗艳舞、琵琶弦急、羯鼓手匀……这些与写诗有何关系？而陆游却因此"诗家三昧忽见前，屈贾在眼无历历，天机云锦用在我，剪裁妙处非刀尺"……

据说，人脑有若干亿个神经细胞。人从生到死，这些灰白色的神经元仅仅使用了很少的一部分，人有着许许多多的潜能未曾挖掘。从这个角度来说，人作为生命有机体，与应有的使用价值相比，是太微乎其微了。这不能不说是人类的大悲哀。人有时太注重目的，注重目的的结果往往是一生只能做一件事。专心做一件事，只要智力健全，一般都能成功。但这成功的代价，却是一种巨大的心智的浪费。

我倒是觉得，从生命的意义来说，人应当敢于不断探索创新，虽然这样的人生很难获得世俗意义上的成功，但是，他将像飞鸟一般，既享受天空的轻灵高远，又享受大地的博大深沉。比起那些所谓的成功人士，我倒是更羡慕这样的人生。

而今，艾老早已作古，我在写这本小书的时候再次想到他，想到他坐着轮椅看我的刻纸展览时，那专心致志的模样。

十一、废都故事

与贾平凹结识是因为工作。1993年我刚调到央视剧中心不久，文学部主任程宏（现任央视副总编）就上任了，与历任领导一样，他自然也需要做出业绩。所以当各大报刊都开始宣传《废都》是"当代红楼梦"的时候，他让我马上联系贾平凹。

那时还没网络，我就给他写了封信。他很快回了信，信上称我为"先生"，明显与很多人一样因我的名字对我的性别产生了误会，客气地说很喜欢我的中篇小说《对一个精神病患者的调查》，并且告诉我他的小说已经给了《十月》的田珍颖，一切由她处置。于是我颇费周折地拿到了"一校"，还没来得及看，老贾到北京来了。

老贾从不住宾馆，永远都住七省市驻京办的陕西招待所，我和程宏来到招待所，陈汉元主任已经在梅的亚等着了，可老贾说什么也不肯去，一手捂着肚子一边用浓重口音的陕西话说："厄（我）不去！厄不去！厄肚子痛！"为证明是真的，他竟掀开大背心让我们看他贴了几贴膏药的肚子，只见程宏说时迟那时快，上去就把他架起来了，一边说着："老贾！老贾！我们陈主任在梅的亚等着呢！无论如何你得给我们这个面子！"贾平凹被绑架似的拖到了车上，那情形真是太好笑了！我当时硬憋着没笑出声来。

到了梅的亚，贾平凹任凭两个主任威胁利诱，硬是不说话。还好旁边的陕西中国神秘文化研究会会长费秉勋会应酬。直到晚宴结束，平凹才突然说了一句："厄那个稿子，你们看了就不要了。"

果然，看了校样我们都傻了。之后不久，就传出各方批判《废都》的消息，主任办公会批评了文学部，我立即找主任把所有责任揽了下来，因为我深知，程宏还在往上走，而我，压根儿就没想进步。

但是平凹却一直在进步着，一部部大作不曾中断，且有非常牛的字画，也做高格调的收藏，写作生活都达到了化境。直到去年的第三届汉学家会议我们重逢，合了一张影。这二十年，他的外貌几乎没变，气韵却变得开阔了，颇有大家风范。想起二十年前那个趴在床上叫唤"厄肚子痛"的人，依然令人忍俊不禁。

十二、莫言小说的色彩

现在回想起来，八十年代实在是个文学狂欢的时代。在那个时代里，有许多作品令我难忘：刘恒的《伏羲伏羲》、余华的《在细雨中呼喊》、格非的《褐色鸟群》、苏童的《妻妾成群》、孙甘露的《信使之函》等等，在这许多佳作中，莫言的中篇小说《透明的红萝卜》一直令我心仪。最初是听李陀说起，我至今记得那一段奇异的描述：光滑的铁砧子，泛着青幽幽蓝幽幽的光。泛着青蓝幽幽光的铁砧了上，有一个金色的红萝卜。红萝卜的形状和大小都像一个大个阳梨，还拖着一条长尾巴，尾巴上的根须像金色的羊毛。红萝卜晶莹透明，玲珑剔透。透明的、金色的外壳里苞孕着活泼的银色液体。红萝卜的线条流畅优美，从美丽的弧线上泛出一圈金色的光芒。光芒有长有短，长的如麦芒，短的如睫毛，全是金色……这样的描述能够击中人的魂灵，在当时的语境中，散发出一种独特的气息。在当时的评论中，都提到了小说的神秘色彩。提到了小说的审美价值就在于关注黑孩这种被现实生活无视的失落。而这种内心世界的失落是不能用言语来直接表达的，它是人生命中最黑暗的一种感受，尤其是一个言语失落的小孩子。

其实我觉得，这实际上是莫言的一个情结，一个男版的《海的女儿》的故事。一个失去表达的男孩对一个年长美丽、富于母性之美的女人的不可实现的又令人心碎的暗恋。而这种情结几乎贯穿了莫言在《檀香刑》之前的所有作品，在莫言的许多作品中都有着这样一个永恒的绝对女人，但莫言对女性始终是充满爱与尊重的，这点与某些男作家把女性作为性的对象完全不同，莫言对性的描写是美的，并且有着一种荡魂摄魄的力量。这类评价莫言的文章很多了，但是我读莫言，最震撼我的，是他的文字的色彩，一如前面写过的，阳光下的透明的红萝卜的色彩。

很早就悟到，文字是有色彩的。如果说沈从文、汪曾祺等人是清淡的写意山水，那么莫言绝对是浓墨重彩的油画，是玛帝斯，是蒙克，甚至是梵高，是达利。马蒂斯把色彩运用到了极致，变成了"野兽派"那种大红大绿的不协调的色彩，汉金莲的红花与绿叶，椅子的黑色与地板的褐色，墙壁的紫绿相间的色彩，本来都是那么的刺眼，那么的高度不协调，可是在马蒂斯的画中，都用一种奇异的方式把它们组合起来了。

莫言也是这样，他的《红高粱》系列，他的高密东北乡汇聚了不可思议的奇迹和最纯粹的现实生活，作者的想象力在驰骋翱翔：荒诞不经的传说、具体的村镇生活、神话般的风云变幻，那片广阔的土地上神灵附体的男人和女人，他的世界总是那般浓丽得近于恐怖。他的文字色彩大概连马蒂斯也自叹弗如。我甚至想，张艺谋之所以改编《红高粱》，大概首先是被莫言文字中的色彩所吸引。

而他的另一种描写：酷刑、阴暗与血淋淋的场面又令人想起达利的画：达利常常被内心的恐惧和性的焦虑困扰着，画出那一幅幅怪诞的梦境：连续不断地变形的咆哮的狮头（《愿望的调节》），像面饼一样搭在树枝上的柔软的钟表（《记忆的持续性》），招来苍蝇的腐烂了的驴子和残缺不全的尸首（《血比蜜更甜》），紧咬住嘴唇的蝗虫和拿着放大的性器官的手（《早春》《忧郁的游戏》）。这一切似乎都是足以引起妄想的持续不断的疯狂，面对茫然的观众达利恶意地微笑："什么能比看见面包沾上墨水污点更卑劣和美呢？"——这是达利的奥秘。似乎也是莫言的奥秘。

而《生死疲劳》则似乎进入了一个全新的境界：那是一幅具有佛教

色彩的敦煌壁画，它对一块神秘颓败、冤魂缠绕的土地有着史诗性的总结，有一种宗教式的巨大悲悯深藏其中，让我们想起敦煌壁画中那些古老的卷草和连璧纹，还有关于舍身饲虎、割肉贸鸽的佛国传说。

康定斯基曾经说过："试图在现代艺术中找到现实的常态形象，找到对物质世界的誊写是不可能的。"在当下的中国，似乎更是不可能的，所以我认为，对比那些所谓的现实主义作品，莫言的神秘魔幻、残酷血腥，乃至由此而产生的"卑劣与美"，倒是真实的，莫言作品中的色彩，真实得令人战栗。

十三、夜与昼交替时的文学奇观

——读韩少功最新长篇《日夜书》

近年来我很少反复地读一部长篇小说了，但《日夜书》是个例外。有人说，这部书囊括了整个知青时代的历史，但我认为，它绝不仅仅是知青历史这么简单。它是一部史诗式的作品：从纵向上横跨了两个时代，而在横向上则写出了人物的复杂性和多面性，是当代的一部容量巨大、内涵丰富的文学巨著。在生动的人物和故事背后，潜藏着许多作者对时代对人性的深度思考，在貌似平实的叙述之中，有节奏地出现一个个精彩的桥段，这些桥段很抓眼球；但它又绝非仅仅依靠这些精彩的情节，而是在情节背后有着许多需要我们用心来挖掘的东西，正是这些东西让作品有着厚重的质感。可以说，这部作品经得起反复阅读，细细品味。

少功的书我读得并不多，除了早期的，新的只读过《赶马的老三》。当然也反复读过他翻译的《生命中不能承受之轻》。我觉得，这部书的亮点有很多，但它独特的魅力则主要由两点构成，一是细节的魅力，二是思想的深邃。

一、细节的魅力

在文学艺术的表现手法上，最有魅力的是细节。细节可以让一个人一下子活灵活现地立起来。细节有时可以决定成败。文学和艺术都是这样。譬如在这部书里第一个打动我的细节就是陶小布吃死人骨头，这个细节在没有经历过那个时代的人看来很像是杜撰，但在我看来是非常的真实。我也是知青的同代人，深知那个年代就有发生这种事的可能。高妙的是，少功把这种可能性细节推向了一个极致。

此书精彩的细节不胜枚举。譬如在那个时代年轻人、特别是男孩子们常用的口头语：让列宁同志先走，看在党国的分上……

那个年代的歌：是那山谷的风吹动了我们的旗帜……那个年代的外语 Long Live（万岁）……等等，是这些细节一下子把我们带回那个时代，是这些细节让人觉得这部书的真实。

《日夜书》写的众多人物，无一不是活灵活现，马涛、吴场长、郭又军、姚大甲、陶小布、贺亦民、马楠、小安子、丹丹、马笑月……又有知青、官员、企业家、艺术家、思想者各种身份之人……众多人物之所以塑造得相当成功，其秘密也在于细节。譬如马涛，给我留下印象最深的细节，就是和郭又军比赛跳水，这个人物一下就跃然纸上。马涛是上一个时代的英雄，在我们那个特殊的成长年代，似乎都会有这么一位启蒙者、一位革命者在我们的生命中出现，他曾经一度是陶小布的精神领袖。又比如郭又军是个典型的悲剧人物，时代弃儿，从他和女儿的一段对话中，父女两个人都鲜明地立起来了。再如吴场长貌似粗鄙，实际上他掌握着最世俗的真理，比如他指点陶小布："人家几句戏文，你听听就好，莫当真。"而陶小布，就像那时充满了理想的我们，总觉得米不是大米的米，而是米开朗琪罗的米，柴不是柴火的柴，而是柴可夫斯基的柴。他坚信生活中有"更高的东西"，这无疑是指人类的精神层面。以至于当这个甘地和格瓦拉的崇拜者接过两个红薯、并且发现红薯比革命更有治愈功能的时候，他又欢喜又沮丧。但是少功也写了，当陶小布已经人到中年，跨越到另一个时代之后，他其实对自己充满了质疑："人的一生像一部电影"，"我已经站在了未来，我凭什么说这一堆烂胶片是更高的什么？"我甚至觉得这也是作者的一种质疑，是我们这一代人共同的质疑。

女主角马楠，包括她和家人的关系的细节，与陶小布做爱的细节，也是用几笔便勾勒出一个纯真的女孩，那么充满善意却又不会表达，"一说就错，开口即祸"，和现在那种八面玲珑情商过高的女孩形成鲜明对比。

小安子更是从"赶鸟儿""脸盆事件""雨中情怀"……这些细节中非常鲜明地站立起来，对于她，作者有一句非常精彩而深刻的话："如果一个人连洋娃娃都不敢面对，如果不投入一种更为迷幻的梦游，又怎能把日子过下去？"——这些都让同代人会有一种很强的代入感。

更精彩的是，少功并没有把对人物的描述停留在这儿，这些在青少年时代就出现了的群像，到后来都被岁月改变了，改变得令人无法相识。譬如马涛，变成了一个超级自恋狂，有意或无意地伤害了很多亲人朋友；譬如马楠，后来变成了一个琐碎无聊自卑的女人。一切都在改变，连叙述者陶小布也在质疑："我已经站在了未来，我凭什么说这这一堆烂胶片是更高的什么？"

但是这种改变，恰恰表现了作者深厚的功力。他摒弃掉我们文学当中惯常的黑白世界，他写了一个真实的人性的灰色地带，尽管这种描述很残酷。

马笑月和郭丹丹则是下一代的两个典型。同样是艰难的成长，同样经历了灵魂的挣扎与涅槃，却是两种不同的命运结局。好在"种太阳"把笑月的悲剧改造成了一个充满着美丽憧憬、催人泪下却又予人温暖的结尾。

二、深刻的思想内涵

少功与中国大部分写作者不一样的地方，在于他同时是一个思想者。

《日夜书》里深藏着深奥和玄妙的隐喻，有的甚至可说是当代独一无二的探索。

我注意到他的三个小标题。

第一个"泄点"和"醉点"，看到这个我立即想起了《生命中不能承受之轻》里的那个"百万分之一"（托马斯医生与无数女人做爱，为的是寻找那百万分之一的"差异"）。

"泄点"和"醉点"，少功说是"特定文化密码的蓄积和迸放"，我觉得这是一件非常神秘的事，是非常隐秘的人性问题。用少功的话来说，"他征服的不仅仅是身体，而且是一种对身份和有关身份的想象，一种社会和历史中的心理幻境"。

第二个是讲到精神病，精神疾患。讲到我们这个社会有很大一部分人都是轻度的精神病人，这是由于"社会挤压与文化撞击"造成的，深以为然。

第三个讲到器官与身体，这一章也十分精彩，里面充满了哲理性思考，譬如讲到"文学回到身体一类口号，显然不宜止于春宫诗和红灯区一类通俗话题，而应转向每一个人身体更为微妙的变化，转向一个个人性丰富的舞台"。

我认为这一部分是本书非常重要的组成部分，也是解读这部鸿篇巨制的密钥。

　　如果说有什么值得商榷之处，就是我觉得作为叙述者的陶小布，叙事的节奏应当再稍微慢一点，放缓一点，因为陶小布讲述的时候应当已经快到耳顺之年，他的叙述应当有一种过来人的沧桑感。这个讲述的感觉太像年轻人了。当然作者也可能有他的考虑，即对于年轻读者的考虑。

　　总之，这部书是在中国当代文学最需要它的时候诞生的，它生逢其时。它启迪我们去思考一些已经被忘却、被淹没的记忆，正如昆德拉所说，"小说应当是一种思想的召唤，并非是为了把小说改造成哲学，而是为了动用各种叙事手段，使小说成为精神的最高综合体；小说是时间的召唤，不再把时间局限于个人记忆中的普鲁斯特式问题，而是将它扩展到集体时间之谜中，如同一位老人回顾自己的一生，由此产生跨越个人生命时间的愿望，把若干个历史时代放入他的时间与空间之内；小说是梦的召唤，实际上这是一个古老的小说美学的命题——也就是说，小说可以使想象力爆发，可以使小说从看上去不可逆转的对逼真的要求下解放出来"。

　　《日夜书》正是这样一部小说——它或许是只能在两个时代交替时产生的文学奇观。

八、行万里路

海 幻

去过厦门大学的人一定忘不了那片海。

典型的海积地貌:海岸线平直,沙滩光滑,月光下就似皎洁的落雪,晶莹一片。

海滩边常有人观日落。长了,就像掐住了点儿,就差喊句一二三,落日就在那一瞬间,像只失去光彩的红色大球,软软地滚落到地平线的那一边,然后就是那些云,浇了浓杏汁儿似的,恋恋地在天边翻来翻去。一会儿,也隐没了。只留下这黛色的海,和滩上的人群对峙。人也渐散尽。海便像一只巨魔的眼睛,在夜色中闪亮。

却很少有人看到日出。这大概因了学生们日间辛苦,年轻贪睡,又兼这里日照时间长,如果看了日落又要看日出,大抵就要通宵不睡了,谁肯下这个决心呢?

一天夜里,暑热袭人。我睡不着,忽听附近南普陀钟响,知道已是三更时分,普陀寺有人进第一炷香了。我忽发奇念,想一个人去海边看日出,也未叫醒同伴,径自拿了游泳衣一气跑到海滩上,此时东方已有微明，月黑风淡。海和天变成枯叶般色彩，醉了酒似的飘飘摇摇，然后同唱起一支单音节的歌，像海妖的歌声似的，催得人昏昏欲睡。周围极静。那简直是一种非人间的静。只要你向它走去，便会被它所笼罩，然后被它压迫，压得你连大气儿也不敢喘。你只能战战兢兢地看着它，听着它的窃窃私语。海那时是凝固的，发不出音响。这种非常的寂静使你感到即将有什么事要发生了——

果然，在槟榔树黑黝黝的手臂间，这时能看到一角天空了，紫得浓郁且晶莹透亮，就像戴在黑手臂上的镯子。镯子的色彩渐幻化，终于透出一点浅玫瑰的光晕。槟榔树的叶子精致得就像用剪刀裁过——那大概是南风的杰作。

远远的，泊着一条船。

太阳的第一道光洒在那条船上，特别柔，淡红色。像是听到无声的命令，我急急换上泳装下海。一口气憋下去，刚来得及抬头换气，就发现自己已经浸泡在一片金色之中了！这时，你会忽然感到所有的语言都太贫乏、太苍白无力！海面忽然变成了纯金的，你会不由自主地伸手去抓，可那金子烧得烫手！你想看太阳，可置身于一片金光灿烂之中，什么也看不清。我就那么迷迷瞪瞪地游，希望永远这样"万物皆空"，可只一会儿，那强烈的金色就渐渐变白了。这时才看见太阳红纸剪的似的粘在天边，是半个圆，下面半个圆被海水划碎成几块，清澈得就像浸泡在水银里似的，近在眼前，那真是美。大概是不善幻想的人此时也出现了幻想，仿佛那太阳伸手便可以触摸到似的，于是便不顾一切地往那儿游，想看看被海水淹没的那半个太阳，更近了，你忽然发现太阳原来很薄，半透明，不过像红玻璃那样一种脆弱的物质，又细看，原来这是天空的一扇玻璃门，圆形的，敞开着，充满着诱惑，而天空，则是一座巨大的宫殿，云彩是宫墙上变幻的浮雕，这大概是上天给你的一次机会，就在你惊疑不定的时候，宫门关闭了。——人生的一生，大约总是这样坐失良机。太阳这才变成球体，从水中挣扎出来，就像蛋黄脱离蛋清那么困难，似乎还带出了一些腥气扑鼻的海水。此刻天和海已经混沌一片，不似先前美，却比先前更诱惑，更难于识破。我觉得自己完全溶于其中，成为海上一片小小的浮沫。

等到能看清东西，我才发现自己已游到渔船附近。一个黑乎乎的孩子（眉眼我完全看不清楚）像是捧着条生鱼在啃，一边大声朝我嚷着，我完全听不懂，后来才认出孩子身后那灰乎乎的一堆原来是个女人，黑脸，很大的一块头巾。我这才感到累，扒着船休息。"你们看见刚才的太阳了么？"我兴奋得很。他们大概也听不懂我的话，莫名其妙地瞪着我，也不招呼我进仓休息。这时南普陀的钟声第三次敲响，黑脸女人听见，像是长舒了一口气似的，那孩子也扔了剩下的半条鱼。两人哇啦哇啦地冲我嚷了一通，我猜那意思大概是说他们准备出海了。

游回岸边，海像只受伤的野兽伏在我脚下，淌着红洇洇的血和污斑。回头看，船已不见。我看着那个平平常常的太阳，忽然疑心刚才那一切不是真的，包括那个黑脸渔妇和她的孩子。

（本篇曾获 1996 年全国青年散文大奖赛创作奖）

惊艳东欧

一、卡罗维发利的铁玫瑰

在世界旅游城市中，布拉格仅次于巴黎排在第二位。而布拉格最美的地方当称卡罗维发利：那绝对是个童话王国，美得令人难以置信。1997 年我们出访捷克那次，本来并没有去卡罗维发利的安排，结果在拜会大使时，以朱大使为首的使馆工作人员异口同声，说是来捷克不去一趟卡罗维发利太亏了，于是才临时换戏。

卡罗维发利的秋天呈现出一派雍容华贵的金色。金风把金的树叶吹向金色的屋顶。金色的阳光照耀着，我们看到路边小摊上摆着的一排排玻璃器皿，晶莹而多芒，在太阳照耀下发出如同雪山融化一般的亮光。有一套镶金边的高脚杯，非常精美，且价格低廉。谁都知道捷克的玻璃器皿世界驰名，但是很少有人知道，卡罗维发利的玻璃，是最美的。

沿着林荫大道一路走过去，是一座座别具特色的古堡。我们知道在古堡那边，有着一个神奇的所在，那就是卡罗维发利的温泉。喝温泉水是很讲究的，一般都要买一种扁壶。在温泉旁边的货架上，摆满了各种各样的扁壶，是烧成的陶，自然与中国的不同，那美丽的陶器并不寒冷，在阳光下，它温润如玉。我买的是一只极便宜的扁壶，但是颇不俗：颜色是暗豆沙色，花纹突现在底部，是一朵青灰色的玫瑰。随使馆秘书小高的指引，我们用各自的器皿盛了温泉水，喝一口，是微咸的，但是滑而温，口感极佳。就在这时，一件神奇的事情发生了：一个捷克人把一枝玫瑰花放进泉水，就在众目睽睽之下，那支玫瑰竟慢慢地变着颜色，变成一种铁砂色，好像枯败了的花朵，虽然失去了香气，味道却更足了。

原来，这才是卡罗维发利的主打节目！小高说，商店橱窗里，到处都是铁玫瑰，铁玫瑰成了卡罗维发利的象征。

吃过午饭去逛商店，果真有很多铁玫瑰。但不知怎的，让售货员拿了许多铁玫瑰放在眼前，却提不起兴致来买。那些本该美丽鲜艳的花朵变成了另一种完全不同的东西，在它变化着的时候，你觉着它是新鲜有趣的，但是当它完全成为另一种物质的时候，你会突然觉得，它什么也不是。好像同伴们也有同感，于是那一大堆变成铁质的花朵，就瘫在了那儿，稍一恍惚，就看到仿佛是一堆纯净铁水流过之后的废铁渣，一点儿美感也没有了。

卡罗维发利的东西便宜，我买了扁壶酒杯，还有小石头，唯独没有买铁玫瑰。

二、布拉格：那一块雨中的墓碑

那一次出访，我们去了布拉格，南斯拉夫的塞尔维亚、黑山，维也纳。在欧洲看到了真正的碑林与墓地。欧洲的墓地，与教堂一样美。

但是墓地与墓地，很不相同。维也纳的墓地，是精美的。所有的雕塑都是完美的艺术品。墓地的大门打开了，在祭品、花环、圣灯、水瓶、甲胄、箭筒、银制的面具中间，有着巍峨的雕像，本邦的守护神与童贞女。巴赫、勃拉姆斯、贝多芬、莫扎特……或者拉着他们的小提琴，或者托着他们思想的额头，沉思着。莫扎特的金像，在维也纳的天空下灿烂辉煌。在那些大音乐家的碑林中，始终荡漾着音乐，那个冥冥中的演奏者有着细腻的技巧、精纯的音色、丰满的和弦、微妙的底蕴和完美的表情。那些凝固了的音乐全都变成了碑文。那庄严美丽的墓地上，到处撒落着花朵。那是一种深深的和谐与宁静。

后来，我无意中发现了塞尔维亚南部的中古时代的墓地。和那些大音乐家的碑林相反，这里的雕塑是简单的、粗犷的，只有两三个简单的几何图形，石碑上的沟槽，那些不规则的名字，还有断裂了的碑基，所有的碑都是东倒西歪的，但唯其如此，才令人感受到了真实与惨烈。那片碑林像是一个广袤的古战场，在那片古战场上，曾经发出过荡气回肠的金钺之声。

但是印象最深的，却是布拉格的一小块普通的墓地——那是捷克作家丹纳的墓地。那一天，我们与捷克著名的汉学家何老先生约定，去凭吊丹纳。

那一天，细雨蒙蒙，布拉格沉浸在一片灰色的阴霾里，那种灰色的调子使我想起《生命中不能承受之轻》或者《玩笑》。但现在的布拉格，已经不是米兰·昆德拉描述的那个背景了。那是一种柔和的甚至柔软的背景，曾经翻译过《好兵帅克》的刘星灿老师反复地说，捷克是个性格温和的民族。是这样的，一直随同我们的老汉学家以及他的孙子，都显得非常温和。他的孙子的中国名字叫作何志达（我们叫他小何），只有二十几岁，看上去却要老成得多。那一双深邃、敏感又有点神经质的眼睛，让人一下子想起卡夫卡，正巧卡夫卡的出生地也在捷克。同行的肖复兴也有同感，就说了。没想到，他真的演过卡夫卡，在他上大学期间，他应捷克国家电视台之邀，客串了一把卡夫卡。我们于是看着他笑起来，他也笑，羞涩而温和。在参观捷克国家图书馆时，几个学汉语的同学和我闲聊，他也在其中，他们纷纷报出他们的中国名字：吴华、丁楚红、何亚娜……每报出一个来，我就叫一声好，唯独说到何志达的时候，我犹豫了一下。我说，这名字好像一般了点。他就着了急，结结巴巴地用汉语说，这名字是爷爷起的，意思很好的。我见他着急，急忙更正说，何志达这个名字，要细想一下才觉着好。他就笑了，仍然是那种羞涩而温和的笑。

雨中的墓地，很冷。我们挑选了鲜花和蜡烛，献到了丹纳墓前。我们吃惊地看到，银发银髯的何老先生，竟然站在雨中的石碑后面等着，团长王火老师上去和他握手。谁也不知道，他到底等了多久。

出来的时候没想到这么冷，穿得少了，便有些发抖。小何把他的大羽绒服脱下来，披在我身上，我言不由衷地推辞了一下，没想到一向温和的他十分强硬，他用生硬的汉语结结巴巴地说："你……一定要穿上，因为……你是女的，……我是男的……你是客人，我是主人……"我穿上了，身上一下子暖和起来，就对自己说，这倒是个很好的理由。他的大衣服穿在身上，我顿时显得很滑稽，王火老师说，像好兵帅克。

离开墓地前我们合了影。小何没有忘记在墓碑前的烛台上点上蜡烛。那一小片烛光，在灰色的雨地里，显得晶莹透明，它烛亮了那块雨中的墓碑，使它变得晶莹起来。

那一块雨中的墓碑，温暖柔和，不可忘怀。

情迷西欧

1999 年，我如愿去了西欧的几个国家。

荷比卢总是放在一起提。

很小的时候看过一本荷兰童话《银冰鞋》，那是个非常美丽的童话，从此就把荷兰与"银冰鞋"放在了一起，再大些成了球迷，就又加上了荷兰队，还有郁金香。

再后来，又知道荷兰有一位华裔女作家林湄，林湄成了我的好朋友。

但是这次去荷兰，林湄正好去了鹿特丹，没有见到。郁金香还没到盛开的季节。至于银冰鞋与荷兰国家队，就更是虚无缥缈。

只剩下了风车和木鞋。

到了专门制造木鞋的地方。一个年轻的男子，就像荷兰童话里那样的打扮，在一个手工作坊式的地方，挖着木鞋的孔。木屑到处都是。周围的货架上摆着各式各样的木鞋，还有各种蓝白两色的瓷器。木鞋和瓷器都很粗糙，不知是不是有意这样粗糙。总之对于荷兰的工艺品我很有保留。当然也有个别的很精致。譬如我挑出的一双朱红彩绘木鞋，只有手指甲那么一点点大，颜色却艳丽得戳眼，当然价钱要比一般的木鞋高出七八倍。

比利时的象征当然是那个撒尿的小男孩于连。小男孩周围从早到晚围了那么多人，难怪小男孩的尿永远也撒不完。

我对比利时最深的印象却是巧克力。比利时的巧克力千姿百态，价钱从低到高有无数个档次，即使最穷的人也能买块低档巧克力吃吃。我买了一盒包装精美的巧克力，价钱也颇不菲，带回来，大家吃了，余香满口，都认为是一种享受。后来看了法国获奖影片《巧克力》，就更加觉得巧克力魅力无穷，一块鲜浓牛奶味的巧克力，咬上一口，真的会把所有的郁闷都丢在了九霄云外！报纸上一会儿说吃巧克力会发胖，一会儿又说吃巧克力对男人特别好，最近又说巧克力不但不是发胖食品，还可以治疗抑郁症呢。爸爸在世的时候常说，要是事事都听报纸的，就干脆别活了！比利时的巧克力，的确有一种特殊的香味，令人回味无穷。

荷比卢当中，给我留下最深刻最美好印象的地方，是卢森堡。那一天大雾迷漫，大雾之中拿破仑的铜像依然是那么戳眼。与拿破仑自然是要合影的。从很早的时候就喜欢拿破仑，不仅仅是因为他的霸气与伟业，还因为他是一个非常特殊的人，一个有魅力的、漂亮的男人。最典型的拿破仑画像是大卫所作的那一幅：面孔清癯，略有些苍白，挺直的高鼻梁和轮廓鲜明的嘴唇，还有那双坚定、犀利、智慧的眼睛，略略有点长，眼角微微上挑，正是我喜欢的那种类型。据说拿破仑永远穿着一双特殊的鞋子，因为他的身高只有一米六八，其实这位年轻的统帅大可不必为他的身高忧虑，因为他实际上是个巨人，所有的高个子都对他高山仰止，拜倒在他的麾下。

其实从某种意义来说，这个世界是由矮个子来统治的。我们只要知道孙中山只有一米六七、邓小平只有一米六一、巴尔扎克只有一米五七，而中国的脊梁鲁迅只有一米五五，就完全可以说明问题了！

说来好笑，最近连续见到的两个老板都是身高不足一米六五，有朋友说，唯其如此，才能成功。他们要想掩饰自己身高的缺陷就只有成功。

拿破仑铜像旁边是个小卖店，我买了一盒酸糖，嘴里嚼着酸糖走进了卢森堡大公国的市中心。

这个小小的国家干净、安静、美丽、平和、富裕，是一个非常适合居住的地方。

相比之下，倒是巴黎一开始有些让我失望。

走进巴黎市中心的时候，没有什么令人惊奇的。真的没有。就像是走进了西单的商业街。那些建筑，真的没有当下北京或者上海的更漂亮。

不过巴黎是一点一点地揭开它迷人的面纱的。

首先要去的当然是卢浮宫。说起卢浮宫就想起了一个笑话：几年前余华等四位中国作家去法国时到了卢浮宫，因为当时只有半天时间，四人冲进卢浮宫，如同没头苍蝇一般大喊："蒙娜丽莎在哪里？米洛斯的维纳斯在哪里？"这个笑话让张梅讲出来再让张一零补充，就更是让人笑破了肚子。

我接受这个教训，想，参观卢浮宫一定要慢慢来，反正也没安排别的事。可是一进去就身不由己了。那么恢宏巍峨的宫殿，竟然挤满了参观者。人数最为众多的是来自各个国家的旅游团，每一幅名画面前都是人头攒动，和我想象中的优哉游哉地观赏有很大的差距。

但是没有办法。保安说，几乎每天都是这个样子。我被人流裹挟着走过那些伟大的名画，久久回眸不忍离去。我在《蒙娜丽莎》前面拍了照，我与蒙娜丽莎离得那么近，近得可以看见她脸上油彩细微的裂纹。不知为什么，我始终不认为这幅伟大的画像中的女人很美。这是个非常一般的女人，我甚至觉得，正是因为她姿色平平，达·芬奇才选择她作为画的对象。作为文艺复兴时代的画坛三杰之首，达·芬奇首先要冲破的是中世纪那种没有血肉、没有生命感的绘画模式，因此他选择了一个非常平凡的女人。

席里柯的《梅杜萨之筏》、德拉克罗瓦的《自由引导人民》等等，都让我想起我的青少年时代。那时，我从我的老师家里借了一些画册，那些栩栩如生的人像让我震撼不已。我曾经临摹了一幅俄罗斯画家的《女公爵阿尔玛托娃》。那时我醉心于描绘女性迷人的肉体。现在，站在卢浮宫中，看着德拉克罗瓦笔下的女性，那些饱满而骄傲的美丽乳房，依然令我震颤不已。

塞纳河当然是要游的，游塞纳河的时候，已经感觉到了一丝凉意。游船上站着或坐着来自各国的游客，有一些看上去十分相配的青年男女，脸上透着阳光灿烂的微笑，让人觉得世界无比美好。法国女孩真的很美。最不同的是她们的皮肤，她们绝不像美国或者东欧女人那样有着大毛孔和白茸毛，她们的皮肤，甚至比东方人还要细致。这除了她们真的天生丽质之外，还很会保养，法国的兰蔻的确比资生堂的化妆品更加温和。

香榭丽舍大道两旁是巴黎的高档商店。东西都贵，但是的确精美。我买了一面小钟，是树脂做的，钟表的周围全是做工精美的蔬菜玉米，特别适合挂在厨房的墙上。还有一面小镜子，是典型的 19 世纪风格，上面是罗可可式的宫廷图案。最喜欢的还是个洋娃娃。看着那个娃娃就知道为什么该叫洋娃娃了，因为中国的工艺永远做不出来，即使用了同一种模子，味道还是会变。这个可爱的洋娃娃长着淡金色的头发，穿宝石蓝的裙子，上面用金银丝盘成很精致的花，像是藤萝又像是风信子，脚上穿一双同样淡金色的高跟鞋，一双蔚蓝色的眼睛可以随意闭合，睫毛闪动，楚楚动人。对这个洋娃娃我爱不释手，可是买回北京，过了不到一个月就送人了。原因是一个熟人（注意，连朋友都不是！）的爱女得了急症，我去看望，情急之下找不到比这更拿得出手的东西，就只好忍痛割爱了。如果今生有幸再去巴黎，我一定首先要再买一个洋娃娃，一定要比过去那个还要漂亮！

香榭丽舍大道直通凯旋门。凯旋门上空的蓝天白云令我想起1998年世界杯时法国夺冠的场景，不过当时天色已经黑了，但是灯光把香榭丽舍大道映得通明，整个巴黎变成了一座不夜城。一辆花车从人们的头顶缓缓而过，那上面站着英雄齐达内、图拉母、亨利、珀蒂……几个月前，有谁能想象得到大力神杯的得主竟是法国队？

世界上的事情也真是奇怪得很。人说成者王侯败者寇，可即使法国夺了冠军仍然有很多人不待见他们。真的，比较起贵族味十足的荷兰、阳光灿烂的英格兰或者野性未泯的阿根廷来，法国队实在是不大那么招人喜欢，整个队中像样的球星好像只有齐达内一个。但在现代足球中像法国队这样靠整体实力的才容易取胜，毕竟马拉多纳的时代已经过去了。

看1998年世界杯决赛时是在"东方时空"，与白岩松共同做一期节目。当时白岩松把我领进演播室，几个大灯一烤，他连珠炮似的发出一系列的提问，这是他的惯技，但是这次他遇到了对手。就在演播室"东方时空"小伙子们的注视下，我和他唇枪舌剑地打了个平手，最后他心满意足地舔了舔嘴唇说，开始吧。

当然，我们谁也没想到是齐达内的光头最终解决了问题，在北京时间凌晨5时许，上帝的手大概摸了一下齐达内的光头。

可是现在站在香榭丽舍大道之上，这一切已经成为过去。下一届世界杯究竟鹿死谁手，又成为新的悬念。大概正是这一个个的悬念吸引着人们有滋有味地活下去。

我喜欢凯旋门旁边那座玻璃的建筑，那上面有着许多的字母，看上去非常特别，我就在特别的建筑前拍了一张照片。

在意大利我去了威尼斯、罗马和佛罗伦萨。

最喜欢的要属佛罗伦萨，这个常常被译作"翡冷翠"的地方。

到佛罗伦萨时已是黄昏。

找了临近郊外的一家小旅店。欧洲的旅店都是这样的，不大，但是非常洁净，恰如欧洲本身的风格。因为在京时刚刚做完装修，就特别注意装修的风格：似乎很简洁，有些像北欧的简约主义，但材料用的是一流的，那种瓦蓝色的大气规整的瓷砖，在灯光下特别莹洁坚润，十分高档。窗帘是乳白的剔空镂花，微微露出一丝外面的蓝天白云，有微风吹进，十分的温和。

就忍不住走了出去。

就在不远处，发现了一家皮具店。走进去，一点一点地发掘，就像找金矿似的，真的找到了几样价廉物美的货色：赭石色镶金边的小钱包，羊皮面烫金的笔记本，雕出凹凸花纹的皮杯子……工艺上都是精美得难以想象。有一个四十多岁的中年皮匠被人围着，人们拿出自己的皮带请他烫金，他只收很少的一点点钱。后来知道这种烫金工艺是这个店的招牌。也怪，只消烫上那么一点点金色拉丁字母或者古怪的花纹，皮带就一下子显得高档了似的。

终于在许多的皮包里挑出一只镂空花的黄牛皮小包。镂空的花形是玫瑰，衬底是一种暗米色的丝麻，我把它拿在手里看了又看，恰如捧着一个水晶玻璃人儿，既爱不释手，又无所适从。记得好像是 22 万里拉，算是皮包里最便宜的了，加上那些乱七八糟的小物件，一共是 31 万里拉，店里规定超过 30 万里拉就打七折，于是我毫不犹豫地到柜台去结账，其中一个店员竟是从中国来的，他看着我笑眯眯地说，你很会挑东西，都很精美。

如果在小摊上，意大利的皮具则便宜得惊人。头天参观比萨斜塔的时候，顺便逛了那一连串的小摊。有各种各样的小皮包挂在摊位上，红红绿绿的特别醒目，皮是极好的皮，做得也精致，价钱也便宜，我买了一只，当时还很高兴，可是跟眼前的这只小皮包一比，可就差了些成色。说不出来是差在哪里，就像在国内，在赛特和批发市场买了同一种衣裳，牌子花色都是一样的，可看上去档次就是不同。

　　后来我才知道，我去的是意大利最好的皮具店之一。人们看着我包里那价值31万多里拉（打折后仅相当于人民币660元左右）的皮具，都惊愕地猜了一个个天文数字，当我得意地把实价告知的时候，他们更吃惊了。大家公认，将来我的生计出现问题的时候，可以倒买倒卖为生，会是一个相当出色的倒爷，不，是倒奶奶。

　　在德国的时间很短，印象却很深。当时正值著名的巴伐利亚啤酒节，但是这个著名的啤酒节似乎与我没什么关系。比较起来，倒是巴伐利亚的那些小镇给我留下非常美好的印象。小镇上那一条条石子铺成的街道两侧，都是小店。在街道的入口处有个非常干净的水槽，我看见一个男人牵着一条狗来饮水。那个男人身材高大，有很蓝的眼睛和很高的鼻梁，典型的大日耳曼血统，简直有些像电影里的那些党卫军军官。他的狗简直就是神界的宠物了：毛色雪白，颈项上一圈毛碧蓝透亮，一双蓝得发绿的眼睛，吐着红红的舌头，美得惊人，高贵得惊人，一看就是名种。我默默地站在那里看它饮水，它喝起水来从容不迫，非常干净，那个男人看着他的爱犬，眼里全是骄傲。我看了很久，待它起身的时候，和它打了个招呼，那个男人立即和我打起招呼，告诉我说，它叫Peter。也许我眼中的爱意打动了男人，男人让Peter做了个动作，和我告别。Peter做动作的时候，仍然是高贵无比，这就是狼狗与豺狗的区别。我久久站在那里，直到Peter的背影完全消失。真的后悔没有带一个小型的摄像机，把Peter的一切都记录下来。

走进小巷，两侧都是小店。走进一家，看见有卖各色杯子的，有一只金属制成的杯子，上面刻着古典主义画家画的战争场面，还有一只乡村风味很浓的木制盘子，上面刻的红、绿、棕三色的花纹特别好看，就都买了下来。最让我感动的是那个小卖店的店主，一个剩不下几根头发的老人，竟仔仔细细地把我多交的两个芬尼追出来还给我，还微笑着招手再见。在国内似乎难得遇上这样的认真与温暖。在另一家小店里，还买了一个古代军队的纹章。我很喜欢这种纹章，有两把宝剑交叠着缀在一起，我把它挂在我的床头，对朋友说，这是我的达摩克利斯之剑。

是啊，对于我这种"奥伯洛摩娃"式的惰性十足的人，似乎永远需要一把高悬头顶的"达摩克利斯之剑"呢。